KB129692

人生,
살아가는 것

人生, 살아가는 것

초판 1쇄 발행 2021년 3월 15일

지 은 이 박종권
발 행 인 권선복
편 집 권보송
디 자 인 김소영
전 자 책 서보미
마 케 팅 권보송
발 행 처 도서출판 행복에너지
출판등록 제315-2011-000035호
주 소 (07679) 서울특별시 강서구 화곡로 232
전 화 0505-666-5555
팩 스 0303-0799-1560
홈페이지 www.happybook.or.kr
이 메 일 ksbdata@daum.net

값 25,000원
ISBN 979-11-5602-874-1 (03810)

人生,
살아가는 것

박종권 지음

도서출판 행복에너지

책머리에

나는 詩人이 아니다. 그 누가 詩人이라고 내게 꼬리표(登壇 시인)를 붙여준 적도 없었기 때문이다. 그렇다고 해서 살 만큼 살아 온 팔순의 지금 이 나이에 그런 걸 인정받아 詩人이라는 이름을 달았다고 해서 내게 무슨 소용이 있을까, 지금 나는 그럴 필요성을 전혀 느끼지 않는다.

나는 지금까지 詩作法에 대해서도 배워 본 적도 없고 또한 누구에게도 그런 가르침을 받아 본 적도 없다.

그런데도 나는 詩라는 형식을 빌려서 글을 써서 여기 한 권의 책으로 엮어서 감히 세상에 내놓았다. 남들이 읽어보고 어떻게 평가해도 나는 거기에 대해서는 관심이 없다.

다만 단 한 사람이라도 내 글을 읽어 주는 사람이 있다고 하면, 또한 내가 쓴 글들이 그대로 독자에게 이해하기 쉽게도 전달되어서 조금이라도 나와 같이 공감할 수 있었다고 하면, 나는 그것으로 만족하게 생각한다.

내가 꿈도 많았던 고등학교 때였었다.

교내 문학상이라는 것이 있었는데, 거기에 詩 한 편을 응모했던 게 운 좋게도 입선되었었다.

그것을 계기로 해서 고등학교 시절 내내 문학서클 활동을 해 오면서 문학에 대한 꿈을 키워 왔었다.

학교를 졸업하고 사회에 나와서부터는 각박한 생활 전선에 부딪히면서 살아가는 데 바빠 문학에 대한 꿈을 접어야 했었다.

그런데도 그에 대한 꿈은 내 가슴속 깊은 곳에 지워지지 않은 그리움 같은 것으로 항상 남아 있었는지도 모른다.

40여 년이라는 오랜 현직에 있을 때는 절필(絕筆)하고 살아왔었는데, 은퇴 후에서야 그런 그리움 때문이었는지, 펜을 들어 글을 써 봤다.

은퇴 후에 무료한 시간들을 글을 쓰면서 보낼 수가 있어서 참으로 행복했었다고 생각한다. 그 글들을 모아서 하나의 책으로 묶어 여기 내놓은 것이다.

나는 오랜 詩 作業을 통해서 다져진 숙련된 기성시인이 아니다. 수준 높고 아름다운 詩語를 가지고 기교를 부릴 줄도 모른다. 평범한 일상을 살아오면서 그 속에서 보통사람들이라면 그 누구라도 다 체험하고 생각하고 느낄 수 있는 것들을 그대로 詩라는 글로 표현해서 옮겨 써 본 것뿐이다.

무엇보다도 내 손자 손녀들에게 영원한 할아버지로 남겨 주고 싶었다. 이것으로써 내 손자 손녀들이 나를 기억하고 또 나를 기억하는 손자 손녀들이 여기 살아가고 있다면 나도 그들과 함께 여기서 영원히 살고 싶은 것이다.

人生, 살아가는 것. 누구나 처음 가보는 길이다. 가도 가도 알 수 없는 길이더라. 처음 가보는 길은 궁금하기도 하지만 두렵기도 하더라. 나는 그런 인생길을 지금까지 걸어오면서 느끼는 대로 글로 옮겨봤다.

내 아들 딸, 손자 손녀들도 내가 걸어왔던 것처럼 내 뒤를 따라서 그런 인생이라는 길을 걸어와야 할 것이다. 따라서 내가 여기에 담아 놓은 글들은 그들에게 어떤 감성적인 것을 주고자 하는 것보다는 그들이 처음 가보는 인생길을 찾아가는 데, 방향을 제시하는 하나의 지표(指標)가 되었으면 하는 마음이다.

2021년 3월 11일

長林 **朴鍾權**

추천사

대한노인회 회장 **김호일**

"人生七十 古稀來"

사람이 칠십까지 사는 것은 드문 일이라고 하는 말이다.

중국 당(唐)나라 시대 시성(詩聖) 두보(杜甫)의 '곡강(曲江)'이라는 시에서 나오는 한 구절이다. 지금으로부터 일천삼백여 년 전의 이야기다.

그런데 지금은 어떤가?

과학문명과 더불어 현대의술(現代醫術)의 놀라운 발달로 인하여 지금은 인간수명(人間壽命) 100세 시대라고들 말한다.

누구나 오래 살고 싶어 하는 것은 인간의 본능(本能)이다.

그렇지만 오래 산다고 해서 좋아할 일만은 아니다. 오래 사는 것도 좋지만 건강하게 오래 살다 가야 한다.

늙어서 건강하게 산다는 것은 신체적인 건강은 말할 것도 없거니와 그에 못지않게 정신건강이 뒤따라 주어야만 진정으로 건강하게 살아간다고 할 수 있을 것이다. 우리 주변에는 오래 살고는 있지만 치매 등으로 인하여 비참한 노후(老後)를 보내는 사람을 볼 수 있다. 그렇게 오래 살아가는 것은 아무런 삶의 의미가 없다.

오래 사는 것 자체가 본인은 말할 것도 없고 가족들에게도 큰 짐이 될 수밖에 없다. 따라서 우리 노인들은 신체적인 건강 활동도 꾸준히 해야 하겠지만 이에 못지않게 정신건강을 위해서도 각별하게 유의해야 할 것이다.

따라서 노후의 여유로운 시간에 나태하지 말고 끊임없는 정신활동을 해야 할 필요성이 제기된다. 다시 말하면 독서를 하고 글을 쓰고 컴퓨터를 배우고, 이런 일들을 게을리하지 말아야 한다.

저자는 팔순의 기념으로 이 시집(詩集)을 내놓았다. 팔순의 나이에 글을 쓰고 책을 내놓은 그의 뜻을 높이 사고 싶다. 팔순의 나이라고 하면, '인생, 살아가는 것'을 경험할 만큼 경험했다고도 말할 수 있다.

저자는 이 시집에 지금까지 '인생, 살아 온 이야기'들을 진솔하게 담았다. 우리들 노인네라고 하면 누구나 경험하고 느껴 온 우리들 이야기이다. 그것을 바탕으로 하여 "인생을 어떻게 살아갈 것인가." 하는 교훈과 방향을 제시하기도 한다.

나는 시(詩)를 읽는 것을 좋아한다고 할 수도 없고 그렇다고 해서 싫어하지도 않는다. 나는 우리 선조들이 지은 옛 시조(時調)를 좋아한다.

우리 선조들이 남긴 시조를 보면 지금도 우리가 살아가는 데 필요한 교훈과 지혜가 거기에 담겨져 있다.

"태산이 높다 하되, 하늘 아래 뫼이로다. 오르고 또 오르면 못 오를 리 없건만은 사람이 제 아니 오르고 뫼만 높다 하더라."

옛 시조이지만 지금의 현 시대에도 필요한 교훈을 주는 글이다.

나는 가끔 대중의 매체(媒體) 등을 통하여 현대시(現代詩)를 접할 때가 있는데, 내가 시문학(詩文學)에 대해서 지식이 부족해서 그런지는 몰라도 이해할 수도 없는 난해(難解)한 시(詩)를 보곤 한다. 그의 난해한 뜻을 이해할 수가 없기 때문에 또한 공감(共感)할 수도 없다. 전문가들이 보면 수준 높은 문학적 가치가 있는 작품일는지 모르지만 아무리 수준 높은 작품일지라도 일반대중으로부터 외면당한다고 하면 무슨 소용이 있을까, 하고 생각해 본다. 나는 무슨 작품이든지 간에 장르를 불문(不問)하고 작가와 대중과의 교감(交感)의 필요성을 강조하고 싶다.

따라서 시문학의 대중화와 독자의 저변확대(底邊擴大)를 위해서는 이해하기도 쉽고 공감할 수 있는 작품들이 많이 나왔으면 하는 마음이다.

그런 점에서 여기 추천하는 이 시집은 누구나 쉽게 접근할 수 있는 글들이다. 특히 우리 노인네들이 은퇴하여 노후생활을 하면서 일상생활 속에서 부딪히고 느끼는 것들을 꾸밈없이 그려내고 있는 점이다.

그래서 더 공감할 수 있고 잔잔한 감동을 준다. 나 혼자만 보고 넘어가기에는 아쉬운 감이 든다. 우리 노인들뿐만 아니라 젊은이들도 일독(一讀)해 봤으면 하는 마음이다.

2021. 3.

추천사

대한민국 무공수훈자회 회장 **박종길**

"노병(老兵)은 죽지 않는다. 다만 사라져 갈 뿐이다."

맥아더 장군이 남긴 너무나도 유명한 말이다.

6·25전쟁 당시, 국군과 유엔군이 압록강까지 진격하여 한반도의 통일을 바로 눈앞에 두고 있을 때, 중공군이 갑자기 끼어들었다.

그래서 맥아더 장군이 트루먼 대통령에게 원자폭탄 사용을 건의했다. 트루먼 대통령은 그렇게 되면 제3차 세계대전이 일어날 수도 있다는 우려 때문에 맥아더 장군을 사령관직에서 해임하게 되었는데, 맥아더 장군이 해임당해 떠나면서 남긴 말이다.

우리 무공수훈자 회원들은 6·25전쟁, 또는 베트남전 등에 참전하여 혁혁한 전공(戰功)을 세우고 훈장을 받은 역전의 용사들이다.

6·25전쟁의 휴전으로 이 땅에는 포성이 멎은 지 오랜 세월이 흘러갔지만, 우리는 지금도 휴전선을 사이에 두고 남과 북으로 갈라져서 전쟁이 아닌 전쟁상태로 대치하고 있는 상태이다.

전후(戰後)에 많은 세월이 흘러가면서 세대(世代)가 바뀌어 지금은 전쟁을 경험해 보지 못한 젊은 세대들이 나라의 주역(主役)이 되었다. 따라서 오랜 휴전(休戰)이라는 평화(平和) 속에서 살아가고 있는 지금의 젊은이들은 국가안보(國家安保)에 대해서 느슨한 감(感)도 없지 않은 것만 같아서 안타까운 마음도 있다.

그 당시 나라를 지키기 위해서 피 흘려 싸웠던 역전(歷戰)의 용사들은 이제 힘없는 노인세대(老人世代)가 되어 사회의 뒷전으로 물러나 있게 되었고 전쟁(戰爭)과 빈곤(貧困)을 모르는 오늘의 젊은 세대(世代)들은 그때의 역전(歷戰)의 용사들에게 소홀함이 있는 것 같아서 아쉬운 마음도 있다.

이 시집(詩集)의 저자(著者)는 월남전에 소대장으로 참전하여 오작교(烏鵲橋) 작전(作戰) 시에 무공(武功)을 세우고 훈장을 받은 우리 무공수훈자(武功受勳者) 회원이다.

남이 쓴 글을 읽고 비평하기는 쉬워도 직접 글을 쓰기란 쉬운 일이 아니다. 창작(創作)을 하려면, 우선 글을 쓰고 싶은 뜨거운 영감(靈感)이 있어야 하고 그에 대해서 글을 쓰지 않으면 못 견딜 정도로 간절한 열망도 있어야 한다. 그리고 온 심혈(心血)을 기울여서 글을 써야만 한다.

이 시집(詩集)의「가족, 그리고 행복」이라는 장(章)을 들여다 보면, 우선 글의 소재(素材)가 우리의 일상생활 속에서 누구나 흔히 경험할 수 있는 우리들의 이야기들을 시(詩)로써 표현하여 쉽게도 공감(共感)이 간다.

「내 조국(祖國), 대한민국」이라는 장(章)에서 나오는 詩들을 보면, 저자의 국가에 대한 간절한 애국심(愛國心)이 보인다.

나라가 위난(危難)에 처해 있을 때, 나라를 지키기 위하여 목숨 바쳐 싸웠던 우리 노병들은 세월이 가면서 하나 둘씩 세상을 떠나고 있다.

그러나 노병은 늙어서 죽어간다고 하여도 노병들의 국가를 위한 숭고한 희생정신이 후세대에게도 잊혀지지 않고 끊임없이 계승되어 간다고 하면, 맥아더 장군이 남기고 간 말처럼 노병(老兵)은 사라져 간다고 할지라도 영원히 죽지 않고 살아있다고 할 수 있을 것이다.

이 시집(詩集)은 우리 무공수훈자 회원들은 말할 것 없으려니와 특히 우리 젊은이들에게 많이 읽혀졌으면 하는 마음 간절하다.

2021. 3.

차례

제1장
가족 그리고 행복

제2장

인생, 살아가는 것

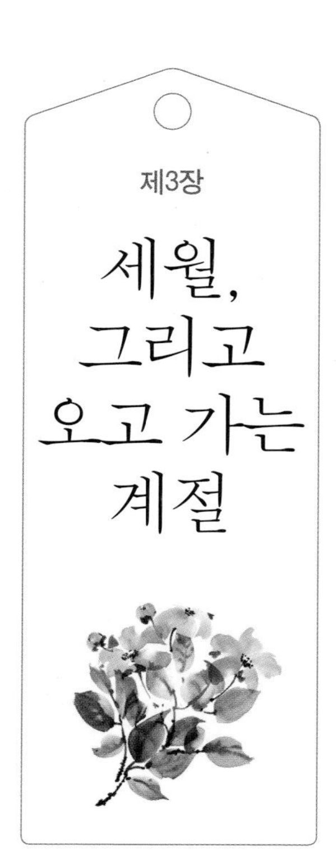
제3장
세월,
그리고
오고 가는
계절

제4장
여행

제5장
사랑,
그리고
신앙

제6장
그리운
고향

제7장

이별 그리고 그리움

제8장

2020년도, 코로나 그리고 장마

제9장

내 조국 대한민국

그대와 나는

괴로움도 즐거움도 같이하면서,

앞길을 함께 헤쳐 가야 할

우린 인생길의 동행자

제1장

가족 그리고 행복

그대와 나는 동행자(同行者)

우리는 어디서 와서
어디로 가는 것인가?

그대도 그렇고
나도 그렇고
우리는 어느 날 갑자기
이 땅에 와서
인생이라는 여행길을 가고 있지요.

우리는 길을 가다가
어느 길, 한 모퉁이에서
운(運)이 좋게도 둘이 만나
함께 가는 길동무가 되었네.

우리 같이 가는 인생길,
어디로 가고 있는 것일까.

물을 건너 산으로
산을 넘어서 벌판으로,
가도 가도 처음 가보는 새로운 길.

어디쯤에 끝이 있고
또 언제 어느 때,
거기에 도달할지 모르지만,

우리가 가야 할 앞길이
험한 산을 넘고
깊은 물을 건너
황량한 들판을 간다고 할지라도

그대와 나는
괴로움도 즐거움도 같이 하면서,
앞길을 함께 헤쳐 가야 할
우린 인생길의 동행자.

내가 늙어 가고 있었네

인생, 100세를 산다고 해도
잠시 잠깐일진데,

세월아,
뛰어 가지 말고
천천히 가자.
잠시라도 쉬었다 가자.

세월이라는 놈,
말하는 것 좀 보게나.

"인생들이여!
왜 그리도 바쁘게들 살아가고 있나?"
"나는 가만있는데 그대들이 뛰어가고 있는 걸세."

그러고 보니
세월이 가는 줄만 알았었는데,
세월은 가만있었고
내가 늙어가는 줄은 몰랐었구나.

몸이야 늙어 가는 것,
어쩔 수 없다고 하지만,
마음조차 늙어가려고 하니
서글픈 마음이네 그려.

우리네 인생,
100년은 다 못 살고 간다고 해도
100년같이만 살다 갔으면.

팔순의 문턱이 바로 앞에 있었네

인생길 굴곡(屈曲)진 길,
가시밭 길
고비 고비 열두 고비

그 험한 길을 헤쳐가면서
세월 가는 줄도 모르고
나 지금 여기까지 왔는데,

팔순의 문턱이
바로 앞에 와 있었네.

지나 온 세월들이 바로 어제와 같고
모두 다 꿈만 같은데

이제 가야 할 앞길이 얼마나 남아 있으랴.
남은 세월은 또 어떻게 살아가야 할까.

가도 가도 알 수 없는 것이
우리 가는 인생길이려니.

인생이란 내 뜻대로만 되어 가는 게 아니더라.
내 마음대로만 되는 것도 아니더라.

내게 그 어떤 길이 주어지더라도
그 길이 내가 가야 할 길이라면
그 길 따라 가야지.

人生길 다 가는 날까지

〈(註)결혼 50주년 기념 2018.11.21〉

그 누가 인생을
긴 여행이라고 했던가.
왔던 길 되돌아 갈 수 없는 게 인생길이라고.

우리는 운명적(運命的)으로 만나
인생길을 같이 걸어오면서
하늘 무너지는 슬픔도 당했었고
고통과 시련 속에서 좌절도 했었지.

그렇지만 거기서 무너지지 않았고
그 어렵고 힘든 길을
그 굴곡(屈曲)진 인생길을 헤쳐 가면서
숨 가쁘게 달려서 여기까지 왔는데,

지금에 와서 뒤 돌아 보니
가 버린 세월이
어느 새 반백년(半白年)이 넘어갔네.

아— 흘러간 그 세월이
한 날과도 같고
지내 온 일들이 간밤의 꿈만 같은데

이제 가야 할 길이 얼마나 남았겠나.
이제 남은 세월이 얼마이겠나.

인생길 가는 길,
황혼 길에
그 누가 우리 곁에 함께 하리오.
그 누가 우리 곁을 지켜 주리오.

애지중지 키워 온 자식들이리오.
속 안 썩히고 저희들 잘 살아 주기만 하면
그게 바로 효도가 아니겠는가.
이제 와서 우리가 무얼 더 바라리오.

이제 남은 길이 얼마나 되리오만은
그 누가 뭐라고 해도 우리는 한 몸.

이제 우리 인생길 다 가는 날까지
당신과 나 손 꼭 잡고
가보고 싶은 곳 있으면 같이 가서 보고
먹고 싶은 것 있으면 같이 가서 먹고

우리 가진 것은 적을지라도
가진 그것으로 감사하면서
서로 사랑하고 아껴주면서
건강하게 살다 가요.

행복이란
남 부러워할 게 못 되더라

우리 지금까지 살아오면서
때로는 기쁜 일도 있었고
때로는 슬픈 일도 있었네.

그게 하나 둘이었겠나.

어떤 사람은
줄을 잘 서서 높은 자리까지 올라가
출세한 사람도 있었고.

또 어떤 사람은 운이 좋아 돈도 많이 벌어
부자로 살았던 사람도 있었지.

또 어떤 사람은
돈도 없고 출세도 못 하고
나같이 평범하게 살아가는 사람들도
많기도 많아.

어떤 때는
출세도 하고 부자로 사는 사람들을

부러워하기도 했지만,
그게 다 행복이라고 말 할 수 없더라.

권세(權勢)를 가지고 사는 사람이거나
부자(富者)로 살아가는 사람이거나.

말을 안 해서 그렇지
누구에게나 남모르는 슬픔의 짐도 있고,
누구나 말 못할 고통의 짐도 지고 살아가고 있지.

인생이란 누구나 다 그런 거니까.
내 안에서 내 행복을 찾아야 하지.

그 누가 행복한 사람인지
겉으로 봐선 아무도 몰라.
행복이란 남 부러워할 게 못 되더라.

결혼 50주년, 가족을 위해 헌신하신
아버지, 어머니!

행복이라는 가치

누구나 같은 일을 하면서도,
누구나 같은 것을 가지고 있다고 해도

어떤 사람에게는 그게 행복일 수도 있고
어떤 사람에게는 그게 불행일 수도 있더라.

사람, 사람에 따라서,
생각하기에 따라서
행복의 가치는 다르더라.

어떤 사람은 자기처지를 비관하고
그 속에 빠져서 헤매고 있는데
어떤 사람은 그 속에서도 감사하면서
행복을 찾아서 나오더라.

세상에는 행복도 불행도
사람들 생각하기에 따라서
모두 다 자기가 만들어 가는 것.

행복이란 가치는
사람들이 생각하기에 따라서
하늘과 땅 차이가 나더라.

내게 가장 귀한 것

마음이 가는 곳에 情이 가고
정이 가는 곳에 몸도 따라 가더라.

情이 없고
몸도 따르지 않는 것이라면
있어도 그만
없어도 그만

거기에 무슨 보화가 쌓여있다고 해도
그게 무슨 소용이 있으랴.

그것이 금덩어리라고 해도
내게 무슨 가치가 있으랴.

길거리에 널려져 있는
돌덩어리와 다를 바가 뭐가 있겠는가.

남들이 보기에
하찮은 돌덩어리라고 해도
거기에 내 마음도 몸도

내 애틋한 情이 깃들어 있다면,

그게 바로
내게는 금은보화보다도 더 귀한 존재요.
더 값 비싼 것이 아니고
또 무엇이 있으랴.

욕심을 비워야 행복하다

행복하게 산다는 것
내가 지금 이 나이까지 살아보니까
재력(財力)도 아니더라.
권세(權勢)도 아니더라.

어떤 사람은
나와 같은 나이로 살면서
권력을 쥐고 세상을 쥐락펴락하면서
위세를 부리고 살았던 사람도 있었고

또 어떤 사람은
나와 같은 나이로 살면서
세계에서도 몇째 안 가는 거부(巨富)로
세상 떵떵거리며 살았던 사람도 있었지.

내가 지금 이 나이까지 살아보니까
그게 다 행복이라고 말할 수 없더라.
그것은 한 날의 꿈과 같더라.

그와 같은 권력도 못 쥐어 보고

그와 같은 재산도 못 가져 봤지만
욕심 부리지 않고 내게 주어진 것으로 감사하면서
마음 편하게 사는 게 행복이지
그보다 못할 게 뭐가 있겠나.

하늘을 보라.
하늘은 끝이 없는 것.
그 누가 하늘 끝까지 올라가 본 사람 있는가.

가도 가도 끝이 없는 하늘 같이
채워도 채워도 채울 수 없는 게
우리네 욕심이더라.

행복하게 사는 게 무엇일까.
욕심을 비우고
마음을 비우고
내게 주어진 것으로 감사하면서
평범하게 살아가는 게 행복이다.

부부(夫婦)싸움

부부싸움의 결과는
언제나 승자도 없고 패자도 없더라.

그래서 부부싸움을
'칼로 물 베기'라고 했나.

부부싸움은
남편과 아내와의 둘 사이에
별것도 아닌 자존심을 놔두고
서로 밀고 당기고 하는 짓.

그래 봤자,
서로 간에 이익 보는 것은 하나도 없고
서로 간에 피곤한 것뿐이고
그 사이에 아까운 세월만 가버리더라.

나도 가끔은 부부싸움을 할 때가 있었는데,
싸움이 극도에 달했을 때
나의 최대의 무기는
"집에서 나가버리겠다."고 하는 말.

왜냐하면,
나는 가족의 생계(生計)를 쥐고 있는
가장(家長)이었기에
나 없이는 내 가족이 살아갈 수 없기 때문에.

그래도 아내의 등등한 기세가 꺾이지 않을 땐,
나는 문을 박차고 나가곤 했었다.

그럴 때마다
아내는 나를 붙잡곤 했었지.
나도 못 이긴 척 소파에 주저앉으면,
우리의 부부싸움도 이것으로써 막(幕)이 내리곤 했었다.

그런데 어느 날 갑자기
내가 문을 박차고 나가는데도 나를 붙잡지 않는다.
"갈 테면 가보라"는 것이다.

남자가 한번 칼을 뺐는데,
그냥 집어넣을 수도 없고
그대로 무작정 발길 닿는 대로 가 보지만,

어디 한 곳에 의지할 데가 없네.

내가 그동안 세월 간 줄 모르고 지금까지 살아왔는가.
지금 이 나이에 내가 갈 곳이 어디에 있고
또 나를 받아줄 사람이 어디 있겠는가.
손해만 있고 이익도 없는
자존심 싸움해서 뭘 하겠는가.

발걸음을 되돌려 문을 열고 들어서니,
반가이 맞이하는 내 가족들,
나의 사랑하는 아내,

세상이 넓고도 넓다고 해도
이 한 몸 쉴 곳이 어디에 있겠는가.
사랑하는 내 가족이 있는 곳.
여기가 바로 내가 쉴 곳이네 그려.

당신은 내게 보배

아내와 밥상을 같이하고 마주 앉을 때면,
나는 아내의 정성이 담긴 마음씨가 고마워
가끔 실없는 농담을 던지곤 했었지.

"당신, 어디 밖에다 내다 버릴까.
버리면, 누가 주워 갈 사람이나 있을까 ?
만 원짜리나 몇 장 붙여서 버리면,
돈만 떼어 갈 사람은 있겠지."

그러면 아내는
여기에 아니 질세라
"그건 내가 해야 할 말,
당신하고 같이 살 사람이 어디 있을까?
나나 되니까 그 성질 다 받아주면서 지금까지 살아왔었지."

이렇게 티격태격하면서 살다 보니까,
어느 새 50여 년이라는 세월이 훌쩍 가버렸네.

그동안 산전수전(山戰水戰) 다 겪으면서
아들 딸 키워서 시집장가 다 내보내고 나니,

달랑 둘이만 남아 있네.

문득 아내를 보니,
그 곱던 얼굴은 다 어디로 가고
주름진 얼굴에 희끗희끗한 머리로 뒤덮여 있네.

아– 거기에
잊어버리고 살아왔던 지난 세월,
슬픔과 기쁨이 그대로 묻혀 있네 그려.

측은한 아내의 모습을 보고
살며시 손을 잡아보면서
또다시 실없는 농담을 던져 본다.

“당신, 길거리에 내다 버리려고 했는데,
이제 못 버리겠는 걸.
지난 50여 년 당신한테 들어간 원가(原價)가 얼마인데,
아까워서도 안 되겠어.”

아내가 또 내게 응수한다.

"몰라도 한참 모르는 소리,
지금 당신 같은 늙은이를 누가 받아줄 사람이나 있을 줄 알아?
나나 되니까 지금까지 같이 살아 왔지."

그렇다.
그 말이 내 가슴에 와 닿는다.
지금 이 나이에 아내가 아니라면,
아들, 딸이 날 봐 줄 것인가.
아니면, 그 누가 같이 해 줄 사람이 또 있겠는가.

당신은 내게 보배
지난 오랜 세월에 걸쳐서 쌓고 쌓아 온
내게 가장 값 비싼 보배

이제 같이 할 세월이
얼마나 될지는 몰라도
그 누가 이 보배를 버릴 수 있겠는가.
남은 세월 서로 아껴주면서
갈 때 가더라도 같이만 갔으면 얼마나 좋으랴.

당신, 아까워서도 못 버리겠는 걸

아내가 새벽 일찍부터 일어나
부산하게 아침 식사를 준비한다.

오늘 아침 밥상은
왠지 모르게 거나하게도 차려 내 왔다.

밥상에 앉으면서
"오늘, 무슨 국경일이라도 되나?"라고 물었더니,
내 생일날이라고 한다.

밥숟가락을 들면서
새삼 아내에게 고마운 마음이 들어
슬쩍 농담을 던져 본다.
"당신, 늙어져 이제 고물이 됐는데, 내다 버릴까?"

아내가 응수한다.
"버리긴 누가 날 버려, 내가 쓸모없는 늙은이 밖에다 버리면, 누가 주워 갈 사람이라도 있을 줄 알아."

그렇다.
아내와 고락을 함께하면서 살아 온 세월이
훌쩍 50여 년이 넘었다.

아내를 보니
그 곱던 얼굴은 다 어디로 가고
희끗희끗한 머리에 주름진 얼굴.

그런 아내가 하도 가여워서
또다시 실없는 농담을 던져본다.
"지금까지 당신에게 들어 간 원가가 얼마인데,
이제 아까워서도 못 버리겠는 걸."

오래만 살아 줘요(有病長壽)

아내가 또 아프다고 칭얼댄다.
"어디가 그리도 아프냐"고 물어 보면,
허리도, 무릎도 온 몸이 쑤시고 아프다고 한다.

어디 그게 한두 번 들어 본 소린가.
아내를 처음 만났을 때부터
지금까지 수 없이 들어 왔는데,
이젠 그 말이 듣기조차 신물이 난다.

그럴 때마다 나는
"그냥 번쩍 들어서 한강에나 띄워버릴까"
이렇게 농담하고 지나쳐 버린 게
한두 번이 아니었지.

우린 우연하게도 서로 눈이 맞아
결혼에 이르러 가정을 이룬 지가
바로 어제 일과 같은데
어느 새 50여 년이라는 세월이 훌쩍 가 버렸네.

그동안 아들 딸 낳고

산전수전(山戰水戰) 다 겪으면서
애들 공부시키고, 결혼시켜 내보내고 나니
젊음은 다 가고
이제 늙어져서 달랑 둘이만 남아 있네 그려.

아내가 또 아프다고 한다.
"어디가 아프냐?"고 물어보면
"온 몸이 아프다"고 한다.

내가 젊었을 때 같으면
"한강물에나 띄워 버릴까" 하고
또 농담으로 넘겨 버리겠지만
이제 늙어지니 겁이 덜컥 난다.

그 누가 말했든가
늙어지면 누구나 한 두어 개정도 병을 달고 사는 거지.
아프지 않은 사람 어디 있냐고.

그렇게 대수롭지 않게 생각하려고 해도
저러다 나 혼자 두고 먼저 가면 어떡하지?

아내의 아픔보다도 내 걱정이 앞선다.

우리 만날 때는
같은 날 같은 시간에 같이 만났지만
갈 때는 같이 갈 수 없다는 게
우리네 인생이라고 하는데,

갈 때는 같이 못 가더라도
먼저 가지는 말아요.

아파 죽겠다는 그 소리
다 들어 줄 테니까 오래만 살아줘요.

혼자 살아가는 연습도 하자

아내는 나를 집에 혼자 두고
나들이라도 가는 날이면
제일 걱정이 되는 게
내가 끼니때 밥을 찾아 먹는 거란다.

뒤돌아보니
그렇게 살아 온 지도
어느 새 반 백여 년이란 세월이 가버렸네.

오늘도 아내와 밥상에 마주 앉아
아침을 먹는다.

나는 또 맨날 해 오던 그 버릇대로
한참 밥을 먹고 있는 아내에게
"가위를 가져 오라"
"간장을 좀 달라 "
"물 컵을 좀 가져오라."
수시로 주문한다.

그런데 갑자기 아내가 내게 불평하듯 하는 말,

“당신은 손이 없나요
아니면, 발이 없나요
내가 당신의 종이라도 되나요?”

이제 그런 것쯤은
스스로 할 줄도 알아야 한다고 말한다.

내가 슬며시 농담으로 응수해본다.
“당신은 내 반쪽이잖아?”
“내 반쪽에게 시키는 일이니까,
나는 가만있어도
반(半)은 내가 일하는 거나 마찬가지가 아닌가.”

옆에 있으면 고마움을 모르고
한 시라도 안 보이면 허전하기만 한
내 반쪽인 사람.

그렇다.
이제 우리 나이가 나이인 만큼,
누가 먼저 이 세상 떠나가게 될지도 모른다.

둘 중의 어느 한 사람은
언젠가는 혼자가 되어 살아가야 할 터인데,
늦지만은 지금부터라도
혼자 살아가는 연습도 해 둬야 할 것 같다.

혼밥

혼자서 밥을 먹는다.
둘이 아니고 혼자 밥을 먹는다.
그 게 바로 "혼밥"이라고 한다네.

내가 은퇴했을 때
내게 힘들었던 일 중에서도
끼니 때 혼자 밥을 찾아 먹는 것이
적응하기 힘들었었지.

아내가 외출할 때면,
나는 가끔 인근 식당에 나가서
혼자 끼니를 해결하곤 했었지.

그럴 때마다
나 혼자 식탁을 온통 차지하는 게
어쩐지 어색하기도 했고
쑥스럽기도 했었지.

어디 그것뿐인가
손님이 많이 몰리는 시간대라면,

제값을 치르고 밥을 사 먹는데도
주인의 눈총의식 때문이라고 할까.
어딘가 마음이 불편하기도 했었지.

그런데 이제는
혼자 밥 먹는 게 흉도 되지 않아
흔히들 혼밥족을 볼 수가 있어.
나도 이제 혼자 밥 먹는 것이 익숙해졌네.

요즘 여자들이 남편을 일컬어 하는 우스갯말 중에
하루 세끼 중,
집에서 한 끼 먹는 남편을 “일식 씨”라 하고
두 끼 먹는 남편을 “두식이”라 하고
세 끼를 꼬박 꼬박 먹는 남편을 “삼식이 새끼”라고
한다고 하지.

아니 그런데,
하루 세끼 모두를
외부에서 해결하고 들어오는 남편에게는
“영식님”이라고 존칭한다고 하네 그려.

나는 여기서 어디에 해당될까?
아무리 생각해 봐도 "영식님"은 아닌 것 같고
그렇다고 "삼식이 새끼"는 더욱 아니라고 부정하고 싶다.

우리가 어렸을 적에
참으로 배고프게 살았던 시절에는
어디 그런 말을 할 수나 있었던가.
하루 세 끼 꼬박꼬박 밥을 먹을 수만 있다면
그보다 더 남부러워할 일은 없었으니까.

그때는 그랬었지.
지금은 어디 그런가.

이제 먹는 게
살기 위해서만 먹는 것도 아니고
우리의 삶을 즐기기 위해서 먹는 시대가 되었지.

여행도 맛집을 찾아서 가고
친구들 모임도 맛집을 찾아 가서 모이고
이제 먹는 재미가 우리 살아가는 데
중요한 부분을 차지하게 되었으니까.

참 좋은 세상이 되었네 그려.

아내들이여!
그대들 남편에게 끼니 때 식사 대접하는 일
즐거움으로 하라.

그대 정성을 모아 만든 음식을 앞에 놓고
사랑하는 이와 마주하고 앉아서
정겨운 대화를 나누면서
먹고 마시는 것,
그보다 더한 행복이 어디 있겠는가.

남편들이여!
그대들도 하루 세끼 밥 먹는 것,
아내에게만 의지하지 마라.

이제 때로는
스스로 해결할 줄도 알아야 하고
혼자 외식하는 것이 남의 흉도 되지 아니하나니,
끼니 때문에 아내의 시간을 묶어 두지 마라.
아내에게도 자신만의 시간이 필요하다.

고물 자동차

내가 오랜 동안 타고 다니는
자가용 승용 자동차,
이제 외형도 성능도
모두 구닥다리가 돼버린 고물 자동차.

당장 새 차로 바꾸고 싶어도
그걸 사는 데에 들어가는 돈도 만만치 않지만
지금 이 나이에 그럴 필요가 없어서
나는 그대로 그 고물 자동차를 타고 다닌다.

그 고물 자동차
고장도 없이 잘 나가다가도
예고도 없이 갑자기 고장 날 때가 많아
애를 먹이기도 하는데,

그럴 때마다 수리 센터에 맡겨
낡은 부속은 새 것으로 갈아 끼우고
고장난 부분 부분을 새로 고치곤 하는데

많은 수리비가 들어가지만,

그런 A/S를 받고 나면
그런대로 또 쓸만해져서
그 고물차를 못 버리고 계속 타고 다닌다.

이놈의 몸도 오래되어 늙어지니까
부분 부분이 낡아져버렸는지
자동차처럼 고장이 날 때가 많더라.
그럴 때마다 죽을 것 같았지만
병원에 실려 가서
아픈 부분을 고쳐서
살아 나오곤 했었는데,
그러하기를 몇 번이었던가.

이놈의 몸도
그 고물 자동차 고쳐 쓰는 것처럼
낡은 부분은 새 것으로 갈아 끼워서 산다면
얼마나 좋으랴.

그 옛날 같으면
이미 땅 속에 묻혀 썩어져버릴 나이인데도

지금까지 살아있는 것만으로도 감사해야지
또 무슨 여한이야 있겠는가.

이제 덤으로 살아가는 인생
하루하루를 감사하면서 살아가야지.

내 몸 아픈 것, 대신할 사람은 아무도 없더라

사랑하는 자여!
아프지 말아요.

우리 늙어가면서 몸이 아픈 데가 많아지는 것은
어쩔 수 없는 노화의 현상이라고들 말하고 있지만
늙어서 내 몸 아픈 것처럼
서러운 것은 없더라.

내가 몸이 아파서 고통을 받고 있을 때
그 아픔을 알아줄 수 있는 사람은
세상에 나 자신 말고는 아무도 없어요.

내게 위로의 말을 진정으로 해 주는 사람이라고 할지라도
그가 내 아픔을 얼마나 알 수 있으랴.

나와 아픔을 함께해 줄 사람은
이 세상 그 어디에도 없어요.

나의 아픈 고통을 대신해 줄 사람은
이 세상에 그 누구도 없어요.

내게 가까운 친구도 아니요.
내 가족이라 할지라도
대신할 수는 없어요.

의술이 뛰어난 명의라고 할지라도
내 아픈 부분을 치료는 해 줄지언정
대신하지는 못해요.

내 몸이 병들어 아픈 것
죽으나 사나 나 혼자만이 견디어내야 하고
내가 이겨나가야 할 내 몫이지요.

그 누구에게도 넘겨주지는 못해요.
그 누구에게도 덜어줄 수도 없어요.

사랑하는 자여!
늙어서 몸 아픈 것처럼
서러운 것은 없더라.

이제 우리 해가 저물어 가는

황혼 길을 가고 있는 인생.

가는 날까지
내 몸, 내 건강,
내가 스스로 지켜가면서
아프지들 말고 살아요.

너희가 부모의 마음을 아느냐

무자식 상팔자라고
그 누가 말했었던가.

아들 딸 낳아서
아장 아장 걸음마 뗄 때,
행여나 넘어질까 봐
조마조마하며 바라보던 때가
바로 엊그제 같은데,

그 자식들이 훌쩍 커서
이제 중년의 나이가 다 되었는데도
부모의 마음은 그제나 지금이나 변함이 없네.

자식들에 대한 부모 걱정은
가도 가도 끝날 날이 없더라.

자식들 중고등학교 다닐 때는
대학입시경쟁에 남들보다 뒤쳐질세라
함께 밤을 새웠던 날이
한두 날이었던가.

대학 들어가게 되면,
한숨 돌리려니 하고 기대도 해 봤지만
또 금방 군대에 들어가게 되고

군대에 가 있을 때는
살얼음 위에 내놓은 것만 같아
조바심에 밤을 새웠던 날이 얼마나 많았던가.

대학까지 졸업시키고 나니,
취직 걱정, 결혼 걱정.
그게 또 무엇보다도 더 크더라.

어렵사리도 취직하고
결혼시켜 내보내고 나니,
이제 자식 걱정도 끝인가 했었지.

그런데 그게 아니더라.
한 집에 같이 살고 있지 않아도
마음만은 항상 곁에 가 있더라.

얼마 동안 소식이 없으면
궁금해지더라.
걱정이 되더라.

자나 깨나 자식들 생각에
세월 가는 줄도 모르고
여기 까지 왔는데,

어느 새 몸도 마음도
우리의 인생도 다 가 버렸네.
지금에 와서 부모라고 해서
자식들에게 뭘 바라겠는가.

저희들 아무 탈 없이 잘 살아주기만 하면,
그게 바로 부모의 근심걱정을 덜어주는 것이고
그게 바로 부모에 대한 효도가 아니겠는가.

너희가 부모의 마음을 아느냐?

내게는 보물이 둘이나 있네

내게는 보물이 둘이나 있네.
하늘과 땅하고도 바꿀 수 없는 귀한 보물.
내 귀여운 손주들

지금 세상은
딸은 금메달이고
아들은 은메달이라고들 말한다고 하지만
나는 그래도 딸보다는 아들이 더 좋아.

첫째는 빨리도 철들은 열두 살 초등생이고

둘째는 장난기도 많은 여섯 살배기 개구쟁이.

나는 그 손주들 둘만 보면
밥을 먹지 않아도 배가 불러.
이게 바로 세상 사람들이 말하는 손주 바보가 아닌가.
바보라고 해도 나는 좋아.

오늘은
토끼같이 귀엽고 사랑스러운
내 손주들이 오는 날.

왠지 나는 아침부터 맘이 설렌다.
도착시간이 가까워지면 가까워질수록
나는 안절부절 서성거리며
베란다 창밖을 내다보느라고
목이 빠진다.

아파트 정문으로 들어오는 하얀 승용차마다
모두가 다 내 손주들이 타고 오는 승용차만 같아
나는 한시도 눈을 뗄 수가 없어.

아니, 저기 내 손주들이,
내 귀여운 강아지들이
승용차에서 내려
내게로 뛰어 오고 있네.
내게로 와서 내게 안기네.

나는 사정없이
그놈들의 볼에 뽀뽀세례를 하면서 묻는다.
"할아버지 보고 싶었지?"
작은 손주 놈이 대답하는 말
"아니, 아니" 하면서 고개를 절레절레 흔든다.
큰 손주 놈은 고개만 "끄덕 끄덕" 한다.

나는 작은 놈에게 윽박지르듯 다그쳐 묻는다.
"그럼 누가 보고 싶었나?"
그놈이 하는 소리 좀 보게나,
"테레비, 만화영화"라고 대답한다.
"그래, 그럼 만화영화만 보고 가거라.
할아버진 밖에 나간다"고 하니까
피식 웃으면서 내게로 끼어든다.

그놈들은 여기 할아버지 할머니 집에만 오면
너무너무 좋아한다.
저희들 세상이다.
맘 놓고 TV 만화도 보고
자유롭게 놀이터에서 뛰놀 수도 있다.
저희들 집에서는 그놈의 공부 때문에 얽매어 산다.

나는 손주들을 상대로 해서
같이 놀아줘야 한다.
놀이터에서 공도 같이 차고
뛰기도 같이 하고
그러다 시간이 가면 나도 힘이 쭉 빠진다.

그래도 나는 손주들과 같이 노는 게 너무 좋다.
할머니는 손주들 뒷치다꺼리 땜에
이것저것 하다 보면 할머니대로 힘이 빠진다.
체력이 딸려서 힘들다고 말한다.
그래서 항상 불평이다.
그래서 우린 행복한 부부싸움을 하곤 한다.

힘들어도 이게 세상 살아가는 맛이 아니겠는가.
힘들어도 이게 우리의 행복이 아니겠는가.

손주 놈, 대답하는 것 좀 보게

엊그제 손주들이 왔다 갔는데,
금방 또 보고 싶어져서 전화를 하니
둘째 손주가 받는다.

"우리 강아지 보고 싶다.
너도 할아버지 보고 싶지 않니?"
그런데, 요놈 대답하는 것 좀 봐라.
"별로요" 하고 대답한다.
요놈이 할아버지를 약 올리나?

내게는 토끼같이 귀여운 손주가 둘.
첫째는 이제 초등 6년생이고
둘째는 아직 유치원생인 개구쟁이.

그놈들 할아버지 집에 오기만 하면
둘이서 뛰고 던지고 좋아서 죽는다.

터울이 6년이나 되는데도
둘째 놈은 형에게 안 지려고 하고
첫째 놈은 동생에게 양보하지 않으려 하고

서로 밀고 댕기고 몸싸움 하느라고
집안을 엉망진창으로 만들어 놓는다.

나는 그래도 그놈들이 방방 뛰고 노는 걸,
보기만 해도 너무 좋다.

그놈들이 한 달에 한두어 번 정도 왔다가 가곤 하는데,
그것 가지고는 내가 보고 싶은 양을 채우지 못한다.

그래서 나는 그놈들이 보고 싶어지면
가끔 전화를 해 본다.

그런데, 이번에도 또 둘째 놈이 전화를 받는다.
"우리 강아지 보고 싶다. 너도 할아버지 보고 싶지?"
그놈 대답하는 것 좀 봐라.

이번에는 "그러면요" 하고 대답한다.

자장면의 추억

주말이 되면,
아들이 때때로 손주들을 데리고 집에 온다.
우리도 손주들 재롱 보는 게 낙(樂)이 되었지.
이게 바로 우리가 늙었다는 증거가 아니겠는가.

그에 대한 대가(代價)는
손주들 잘 먹이고
거기에다 용돈까지 주어서 보내는 것.

그 누가 말 했던가.
가뭄에 자기 논(畓)에 물 들어가는 것 하고
자기 자식 입에 밥 들어가는 게
가장 보기 좋다고.

오늘은 점심을 갈비로 잘 먹였으니까
저녁은 간단히 하기로 하고
중국집에 갔었지.

모두들 볶음밥 등을 주문하고
나와 작은 손주 놈만 자장면을 주문했었지.

자장면 하면 바로 생각나는 게
우리 아들딸들 어린 시절,
그 어려운 생활 속에서 키워나갈 때

외식(外食)이라고 하면,
고작해야 중국집에 가서 자장면 한 그릇 먹는 것이고
거기에다가 탕수육 하나 추가하면 더 바랄 게 없었으니까.
그때는 우리 모두가 다 그랬었지.

자장면 하면,
또 하나 잊지 못한 일이 생각나지.
가까운 친지(親知)댁에 대사(大事)가 있었던 날,
거기서 처음으로 맛있는 갈비탕을 먹을 수 있었는데,

우리를 따라온 아들 녀석이
처음 대하는 갈비탕은 안 먹고
자장면만 달라고 떼쓰던 일.
그도 그럴 것이 갈비탕은 처음이었으니까.

그 아들이

지금은 중년의 나이가 되어
손주들을 둘이나 데리고 와서
그 손주가 자장면을 먹는다.

그 애비(내 아들)가
그의 아들(내 손자) 자장면 먹는 모습을
슬쩍 넘겨다보면서 말을 건넨다.
"나도 자장면 한번만 먹어 보자?"
손주놈의 대답이 가관이다.
"안 돼. 할아버지 것 갖다 먹어."

아니, 제 것은 주기 싫고
할아버지 것은 갖다 먹어도 괜찮다는 말인가.

그래도 그놈의 입이 터져라 들어가는
자장면 먹는 모습이 예쁘기만 하네 그려.

生老病死

누가 세월을 유수와 같다고 했는가.
세월이 흘러가고 있는가.
내가 세월을 타고 흘러 왔는가.

예나 지금이나
나는 그대로 가만 있으련만
예나 지금이나 내 맘은 변함이 없으련만,

문득 거울에 비친
내 모습을 들여다보니
언제 어떻게 나도 모르게
흰 머리에 주름살 진 노인이 되었더라.

가버린 세월을 아쉬워한들
무슨 소용 있겠나.
그 누가 가버린 세월을 내게 돌려 줄 수 있겠나.
태어나서 늙고 병들어 죽는 것을
그 누가 거역할 수 있으랴.
이게 바로 우리네 인생 아닌가.

젊은이들이여
젊음을 자랑하지 마라.
내가 이 나이까지 살아보니까
청춘도 꿈도
잠시 잠간이더라.

오늘 하루가,
바로 지금이 인생에 가장 소중한 시간이다.
시간을 아끼며 주어진 일에 최선을 다 하라.
그래야만 늙어져서 후회하지 않는다.

노인네들이여
우리 이제 남은 세월이 얼마이겠는가.
늙고 몸 아프다고 서러워 마라.

누구에게나 늙어가면서
한~두개 병을 달고 사는 것은 정상이지.
그대 어찌 병(病) 앞에서 쉽게 무너져서야 되겠는가.
이제 병(病)을 친구로 삼아 같이 살아가는 거지.

生一老一病一死
여기에 순응하면서 사는 게
우리네 인생 아니겠는가.

죽어도 영원히 사는 것

그 누가 말했었던가
"할아버지 할머니가 돌아가시고
아버지 어머니가 따라서 돌아가시고
또 우리가 그 뒤를 따라 간다면,
이게 인생사 가장 큰 복(福)"이라고.

우리가 한 많은 이 땅에 와서
자식들 잘 키워 놓고
사람답게 살다가 순서 따라 간다면
그게 바로 복(福)이 아니겠는가.

그게 어디 마음대로 되는 일이겠는가.
올 때는 순서대로 왔다고 해도
갈 때는 순서 없이 가는 게 우리네 인생일진데.

우리도 늙어져서 갈 때가 되면
왔던 데로 다시 돌아가는 것이고
우리가 예전에 살아 왔던 것처럼
자식들이 살아가는 게 인생사 아니겠는가.

누가 인생을 유한하다고 했는가.
누가 죽음을 끝이라고 했는가.

우리네 아들딸, 손자손녀들이
이 땅에 끊임없이 살아가고 있다면
우리는 죽어도 영원히 사는 것.

인생, 살아가면서

아픔 없는 사람이 어디 있으랴.

슬픔 없는 사람이 어디 있으랴.

제2장

인생, 살아가는 것

흘러가는 구름인가

저 산 위 높은 곳에
우뚝 솟아 있는 큰 바위,

천년이고 만년이고
모진 풍상을 다 겪으면서도
끄떡도 않고 그 자리를 지키고 있네.

저 황량한 들판에
홀로 서 있는 미루나무,

비가 오고 바람이 불고
그 모진 세월 속에서도
변함없이 그 자리에 있네.

하늘 높이 둥둥 떠가는
저 구름송이들.

한번 가버리면,
지나간 하늘 그 자리엔
흔적도 없는가.

저 산 높은 곳에 큰 바위처럼,
저 황량한 들판에 미루나무처럼

세월이 가도
세상이 변해도
변함없이 살아갈 수만 있다면,

우리네 인생
저 하늘에 구름처럼
한번 가버리면 그만인가.
흔적도 없는가.

힘들어도 최선을 다하다 보면

사람, 살아가는 것.
항상 잘 돼 나갈 때만 있는 것도 아니더라.
항상 맘 편할 때만 있는 것도 아니더라.

때로는 힘들 때도 있고
때로는 괴로운 때도 있지요.

힘들다고 포기하려고도 하지 말고.
괴롭다고 비관하지도 말아요.

세월은 쉬지 않고 가는 것.
가다가 보면,
기쁨도 슬픔도 잠시 잠깐이더라,

한 날이 가버리고 나면
또 다시 새 날도 오는 것.

오늘 일이 괴롭고 힘들더라도
괴로워하지만 말아요.
오늘에 슬픈 일을 당했다고 해도

너무 슬퍼하지만 말아요.

슬픔도 기쁨도 다 안고 가면서
오늘 일에 최선을 다해서 살아가요.

참고 이겨나가다 보면
기쁨의 날도 오려니.

근심걱정 없는 사람 어디 있나?

세상에 근심걱정 없는 사람이 어디 있을까.
말을 안 해서 그렇지
알고 보면,
누구에게나 말 못 할 근심거리는 다 있더라.

세상에 상처 없는 사람이 어디 있을까.
속마음을 들어내지 않아서 그렇지
들여다보면,
누구에게나 아픈 상처는 다 가지고 있더라.

그걸 괴로워한다고 해서 사라지겠는가,
아파한다고 해서 치유되겠는가.

세월은 쉬지 않고 가는 것
인생도 세월 따라 가는 것

근심걱정 속에 살아가도 한 평생
마음 편히 살아가도 한 평생,

인생 살아가는 것이

다 그러하거늘
세월이 가노라면,

근심도 걱정도
아픈 상처도
다 세월 속에 묻혀가려니
지나간 것들은 모두 다 꿈이더라.

사람 팔자 누가 아나?

인생길 가는 길이
순풍에 돛단배 가듯이
어디 평탄한 항해만 할 수 있으랴.

거침없이 순항하다가도
몰아쳐 오는 폭풍우를 만날 때도
있나니.

가다가 보면, 승승장구 올라갈 때도 있고
가다가 보면, 천길만길 떨어질 때도 있더라.

정상에까지 올라섰다고 해서 교만하지들 말아요.
밑바닥까지 내려왔다고 해서 낙망하지도 말아요.

정상에 올라 선 사람은
내려 올 일만 남아 있지만

밑바닥까지 내려앉은 사람은
올라 갈 일만 남아 있지요.

그 누가 사람 팔자 알 수 있으랴.
한치 앞을 내다 볼 수 없는 것이
인생길 가는 길이더라.

가는 길 열두 고비

인생길 가는 길
산을 넘으니 또 높은 산이 있더라.

인생길 가는 길
물을 건너니 더 깊은 물이 있더라.

인생길 가는 길
산을 넘고
물을 건너
고비 고비 열두 고비.

가도 가도 끝이 없는
알 수 없는 것이
인생길이더라.

가는 길이 험난하다고 해도
힘들어 해 본들
무슨 소용 있으랴.

인생 살아가는 것이

다 그러하거늘
어차피 가야 할 길일진데
그러려니 하고 가는 거지.

아픔과 슬픔은 누구나 있다

인생, 살아가면서
아픔 없는 사람이 어디 있으랴.
슬픔 없는 사람이 어디 있으랴.

가슴속에 앓고 사는 아픔도 있고
가슴속에 묻어두고 사는 슬픔도 있지.

살다가, 살아가다가 울화통이 터질 때는
하늘 천정이 찢어지게 소리라도 치고 싶지만,

살다가, 살아가다가 마음이 울적할 때는
땅 밑창이 꺼지도록 울고도 싶지만,

그런데도 남모르게
가슴만 태우고 살아가지요.

그런데도 남모르게
속으로만 울고 살아가지요.

그래도 견대내기 힘들어 질 때는

남몰래 골방에 들어가 혼자 울어요.

그런다고 가슴속 응어리가 풀어질리 없겠지만
그렇게라도 해야만 살아갈 수가 있으니까요.

마음 편하게 살아가야

세상, 살아가면서
여기를 가 봐도 불편하고
저기를 가 봐도 마음에 안 들고

그래도 탓하지 못하고
저래도 탓하지 못하고

바람에 흔들리면서
물결 따라 흘러가면서

되는 대로 살아가려고 하는데.
남들처럼 살아가려고 하는데,

그래야만 마음이 편하니까,
그래야만 살아가기가 편하니까,
그런대로 살아가려고 하는데,

힘없는 사람이라고 얕보지들 말아요.
별 볼일 없는 사람이라고 깔보지도 말아요.

그런 사람 바보가 아니어요,
바보처럼 살아가야만 편하니까.
바보처럼 살아가는 것뿐이지요.

일장춘몽이다

잘난 사람도 한 평생
못난 사람도 한 평생,

모두가 다 한 평생 살아가는 것을
잘났다고 해서 위세부리지 말아요.
못났다고 해서 기죽어 살지 말아요.

세상, 쥐락펴락하며 살던 권세가도
세상, 떵떵거리며 살던 부자도

한 평생 살다가는 거지
두 평생을 살다간 사람은 없더라,

돈도 권세도
부귀도 영화도
갈 때는 모두 다 놔두고 가는 거지
가져가는 사람은 하나도 없더라.

인생, 살아가는 것
지나가고 보면,
모두가 다 일장춘몽(一場春夢)이더라.

인생은 장거리 경주다

어떤 사람은
금 수저를 물고 세상에 태어나
떵떵거리며 잘 사는 사람도 있고

또 어떤 사람은
윗사람 비위도 잘 맞춰 승승장구(乘勝長驅)
잘도 나가는 사람도 많이 있는데,

나는 지금까지 한눈 팔지도 않고
앞만 보고 열심히 뛰어가고 있다고 생각하는데,
남들과의 경쟁에서는
왜 항상 뒤처져 이 모양 이 꼴로 살고 있을까.

그것을
원망도 하지 마라.
불평도 하지 마라.
그것을 비켜 가려고도 하지 마라.

인생이란
단거리 경주가 아니니다.

뛰다가 뒤처졌다고 해서 실망하지도 말고
뛰다가 넘어졌다고 해서 주저앉지도 마라.

인생이란
장거리 마라톤 경주와 같으니,
가다가 뒤처졌다고 해서 낙오됐다고 할 수 없고
가다가 앞섰다고 해서 승리했다고도 말할 수 없다.

지금 당장 내 뜻대로 안 돼 간다고 해서
좌절하지도 마라.
인생사 전화위복(轉禍爲福)이라는 말도 있다.
지금의 화(禍)가 복(福)이 될 수도 있고
지금의 복이 화가 될 수도 있지.

지금은 보다 멀리 앞을 내다보면서
맡겨진 일에 최선을 다하는 것만이
너희가 해야 할 일이다.

중간 중간 결과에 대해서도 얽매이지 마라.
그러다 보면 전진하지 못한다.

개구리가 멀리 뛰는 것을 보라.
개구리는 더 멀리 뛰기 위해서
앞발을 뒤로 빼는 것.

지금 뒤처졌다고 해서
포기하지 마라.
더 멀리 더 앞으로 뛰기 위해서
한 발 뒤로 물러섰다고 생각하라.

지금은 네게 맡겨진 일에만 최선을 다하는 것.
최선을 다했다고 하면,
그 결과야 어떻게 나왔다고 하더라도
그 결과에 대해서는 얽매이지 마라.

인생은 장거리 경주와 같다.
최후의 순간에 승리한 자만이
진정한 승리자라고 말할 수 있다.

누구나 한 세상이다

그 누가 잘난 사람이고
그 누가 못난 사람일까.

잘나고 못난 것
자(尺)로 재 본다고 해도
백지장 하나의 차이일진데,

잘났다는 사람도 한 세상
못났다는 사람도 한 세상

한 세상 살다가는 것은
누구나 다 마찬가지일진데,

남(他人)들은 잘 돼 나간다고
시기하지도 말아요.
나(我)는 잘 안 돼 간다고
비관하지도 말아요.

잘나고 못난 게 별 거 있나요.
따지고 보면 거기서 거기인데

누구나 한번 왔다가 돌아가는 인생,
주어진 길 따라서 살아가는 거지요.
그렇게 살다가 가는 것이 인생이지요.

고난 없는 영광이 어디에 있나

고난 없는 삶이 어디 있나
고난은 누구에게나 주어지는 것.
고난을 이겨내지 않은 영광은 어디에도 없다.

이른 봄 바위틈 풀숲에서
홀로 피는 꽃을 보라.

이름 없는 한낱 풀꽃이라 할지라도
그 한 송이 꽃을 피우기 위해서
비가 오고 바람이 불고 눈보라 치고
그 험한 엄동설한을 겪어서 왔다.

올림픽 경기에서 메달을 딴
영광의 빛나는 얼굴들을 보라.

우리는 어쩌면
그들의 목에 걸린 메달만 바라보고
주어진 영광만 부러워하고 있지 않는가.

그 영광의 메달 뒤에 숨겨져 있는

남모르게 흘린 피와 땀이
얼마나 많은지
그걸 알고 있기나 하는가.

오늘의 승리와 영광을 위해서
그 많은 시간과 세월을
고난을 참고 역경을 이기고
기량을 닦고 닦아서 여기까지 왔었다는 것을.

고난 없는 영광이 어디 있겠는가.
영광은 고난을 이겨낸 것만큼 주어지는 것.
고난을 이겨낸 자만이 승리자가 될 수 있다.
영광은 오직 승리자에게만 주어진다.

고난 없는 영광은 바라지도 마라.

지금 주어진 일에 최선을 다하라

세상, 살아가면서
아무리 애를 써 봐도
안 돼 가는 일도 있고

그렇게 힘들이지 않아도
술술 잘 돼 가는 일도 있더라.

한 때 잘나간다고 해서 우쭐대지 말아요.
한 때 힘들다고 해서 낙심하지도 말아요.

사람, 살아가는 것
모든 게 자기 힘으로만 되지 않아요.
모든 게 자기 뜻대로만 돼 가지 않아요.

어렵고도 힘든 일이라고 할지라도,
쉽고도 편한 일이라고 할지라도
그때그때 주어지는 일에
최선을 다하면서 살아가다 보면
모두 다 지나가지요.

지나가고 보면,
그때는 잘 돼 간 것 같았지만 잘못된 일도 있었고
그때는 잘 안 돼 간 것 같았지만 잘된 일도 많아요.

그게 바로
우리 인생, 살아가는 것이더라.

인생 여행길, 목적지는 어디에?

우리 살아가는 인생여행
산을 넘고
물을 건너
고비 고비 열두 고비
앞만 보고 여기까지 왔건만

갈 길은 아직도 아득한 구만리
서산에는 해가 저물어
황혼 길이라고 하네.

날이 가고
달이 가고
또 우리네 인생도 가고

모두 다 가는 것이 순리(順理)인 것을
서산너머로 지는 해를
그 누가 붙들 수 있겠는가.

해가 지고
밤이 오면

캄캄한 어둠속에서도
또다시 동이 트고 해는 솟아오련만,

한번 가면 돌아오지 않는 우리네 인생,
어디서 왔다가 어디로 가는가
가도 가도 알 수 없는 게
우리 가는 인생여행이더라.

누구나 한 평생만 살다 가는 것

우리 살아가고 있는
인생길이란

한번 가고 나면,
왔던 길 다시 되돌아 와서
다시 가 보고 싶어도
두 번 다시 가 볼 수 없는 길.

태초(太初)에 세상이 열리고서부터 지금까지
그 많고도 많은 사람들이 이 길을 다녀갔어도
다시 왔다가 갔다는 사람은 하나도 없더라.

성경(聖經)에서도 못 봤네.
불경(佛經)에서도 못 봤네.

짧아도 한 평생,
길어도 한 평생,

부자(富者)로 산 사람도 한 평생
빈자(貧者)로 산 사람도 한 평생

두 평생을 산 사람은 하나도 없더라.

우리 살아가는 인생,
그 누구나 한 평생만을 살다 가는 것을
되돌아 봐서 부끄럽지 않게 살다 가요.
되돌아 봐서 후회 남기고 가지 말아요.

주어진 길을 피하려고 하지 마라

산비탈에 홀로 서 있는
늘 푸른 소나무를 보라.

바람이 불면 바람에 흔들리고
비가 오면 비에 젖고
눈이 오면 눈에 뒤덮이면서도

퇴색하지도 않은 채
늘 푸르게 우뚝 서 있지 않은가.

우리 세상 살아가는 길,
가다가 보면 가파른 산길도 만나고

산길을 힘겹게 넘어가고 나면
또 다른 장애물,
앞을 가로 막는 물길도 나오더라.

우리 살아가는 인생,
가는 앞길에
때로는 비바람이 불고 눈보라가 치고

때로는 험한 길을 간다고 할지라도

어차피 가야 할 길이라면
힘들어하지 말자.
괴로워하지 말자.
비켜 갈려고도 하지 말자.

바람이 불면 바람에 흔들려도
비가 내리면 비에 젖으면서도
버티고 살아가는 저 푸른 소나무처럼.

우리가 헤쳐 가야 할
인생길이려니.
어찌 내가 그 길을 피할 수가 있겠는가.

지금까지 살아왔던 것처럼
내가 그 길 따라서 가야 하는 것이 아니겠는가.

오늘 내게 주어진 시간만이 내 시간일진데
오늘 이 시간에 감사하면서 살아가야지.

우는 애에게만 젖을 줘야 하나요

이제 방글 방글 웃는 애에게도
젖을 주세요.

우는 애에게만
젖을 주던 시대는
아주 그 옛날,

우리가 모두 배고프게 살았던
아주 그 옛날 이야기이지요.

그때 그 시절에는
우리 어머니들
애 젖 주는 것조차 잊어버리고 일해야 했으니까.
그래야만 먹고 살 수가 있었으니까.

애기도 배고파서 울어야만
젖을 얻어먹을 수 있었으니까.

요즘 시대는 어떤가요.
먹는 것이 너무나도 넘쳐서

너무나도 많이 먹어서
살이 쪄서 걱정이라고들 하네요.

아– 참 좋은 세상이 되었네 그려.

누가 누구를 '내로남불'이라고 하는가

어떤 사람은
길거리 가로수에 오줌 누고 나서
자기는 가로수에 거름 주었다고 말하고
남이 하면, 노상방뇨라고 말하네.

또 어떤 사람은 씹던 껌을 길거리에 내뱉고 나서
자기는 도로 포장했다고 말하고
남이 하면, 도로 오손(汚損)행위라고 말하네.

또 어떤 사람은
야생 비둘기에 모이 뿌려주고 나서
자기는 동물 사랑이라고 말하고
남이 하면, 해조(害鳥)번식 방조행위라고 말하네.

또 어떤 사람은 나뭇가지를 꺾어 가면서
자기는 가지 쳐주기 했다고 말하고
남이 하면, 산림훼손행위라고 말하네.

이게 바로 '내로남불'
내가 하면 로맨스,

남이 하면 불륜이라고 말하는 것 아닌가.

우리의 공중도덕도,
법도 원칙도
자기 편의에 따라서 귀에 걸면 귀걸이
코에 걸면 코걸이가 되더라.

남의 욕만 하지 말아요.
남의 흠만 들춰내지 말아요.
남의 탓만 하지 말아요.
자기 말만 우겨대지 말아요.

우리 모두 함께 살아가는 사회
누구에게나 법과 원칙이 통하는 세상이 되어야 해요.

그래야만 우리 서로 살맛나는 세상,
정의로운 사회라고 말할 수 있지요.

노인네라고
대우만 받으려고 하지 말아요

노인네들이여!
나이 많다고 해서
어른 대우만 받으려고 하지 말아요.

화려했었던 젊은 날도
힘깨나 썼던 현역시절도
이제는 다 지나간 꿈이지요.

그 꿈속에서만 헤매지 말고
지금의 현실 속에서 살아가는 게
노후의 여생을 잘 살아 가는 것이에요.

세상은 변해도 많이 변해 있어요.
나이 먹은 노인네, 대우 안 해 준다고 해서
서운하게들 생각하지 말아요.

나이만 먹었다고 해서 어른 대우해 주는 것도 아니고
나이로 위세를 부린다고 해서 되는 것도 아니에요.

진정 나이 먹은 어른 대우를 받으려면

나이 먹은 만큼, 나이 값을 하기에 달려 있지요.

노인은 지금까지 살아 온 많은 세월만큼이나
인생의 풍부한 경험자들이지요.

말과 행동을 바르게 보여줘야만
그래서 스스로 고개를 숙이고 따르게 해야만,
그래야만 진정 어른 대우를 받을 수 있지요.

젊은이들이여!
늙은이라고 서운하게들 하지 말아요.
힘없는 노인네라고 업신여기지 말아요.

지나간 과거가 있었기 때문에
오늘이 있고
또 미래가 열려오지요.

세월이 가면
그대들도 금방 노인네가 되고

현역에서도 물러나야 하고
힘 있는 자리에서도 내려앉아야 하지요.

지금 젊었을 때,
노인네들에게 잘 하세요.

그래야만, 그대들,
늙어져 힘이 빠져 있을 때,
또 다른 젊은이들로부터 업신여김을 받지 않아요.

돈이 뭐길래

돈, 돈, 돈 하지들 말아요.
돈을 위해서 사람이 있나요.
사람을 위해서 돈이 있지요.

사람 살아가는 데 필요하기 때문에
사람 살아가는 데 편리하기 때문에
사람이 돈을 만들었는데
돈이 사람을 만든 것 같더라.

돈이 주인의 자리에 앉아서
사람 앞에서 귀한 존재가 되고
사람은 돈의 객(客)이 되어서
돈 앞에서 노예가 되더라.

돈 때문에 울고 웃고
돈 때문에 죽고 살고
돈이 많으면 귀한 사람이요.
돈이 없으면 천덕꾸러기.

이게 바로 주객(主客)이 전도(顚倒)된 게 아니고

그 무엇이랴.

죽기 아니면 살기로 돈을 모아서
그 돈 보따리를 부둥켜안고 살아간다고 해도
저승길 갈 때는
그 누구도 그 보따리 가져갈 사람 한 사람도 없는데,
그 보따리들 다 놓고 빈손으로 가야 할 터인데,

한 평생 그 돈을 찾아서 헤매다가
갈 때는 빈손으로 가는 것을
가는 날까지도 그걸 모르더라.

그게 바로 돈이더라.
그게 바로 우리 인생이더라.

술(酒)이 뭐길래

술술 넘어간다고 해서
술이라고 했는가.

울적할 때도 한 잔
기분이 좋아서도 한 잔
허물없는 친구를 만나서도 한 잔.

술잔 속에 정(情)을 담아
주거니 받거니
정을 주고 정을 받고
쌓여져 가는 우리네 정(情)이네

그래서 술이란
우리 살아가는 메마른 세상을
생동하게 하는 윤활유 같은 것인가.

적당하게만 마시면
약(藥)도 되지만
술술 들어간다고 해서
과(過)하게 되면 독(毒)이 되는 것.

돈도 건강도 잃어버릴 수 있는 것이 술이더라.

우리 살아가는 세상사 모든 일도
자기 분량을 알아야지
분수(分數)넘게 과욕(過慾)을 부리다 보면,
거기서 화(禍)가 생기는 것.

우리 세상 살아가면서
속상한 게 한두 가지 일이겠는가.
이것저것 따지면서 살면 뭘 해.

세상 살아가는 것
빡빡하게 돌아갈 때는
술이나 한 잔씩 하면서
술술 돌아가게 살아가면 되는 거지.

사촌이 땅을 사면

사촌이 땅을 샀는데,
왜들 배 아파 해야 하나요?
왜들 속상해 해야 하나요?

남들보다는
내 형제가 더 잘 살아야
내가 그 덕을 조금이라도 볼 수도 있고

남들보다는
내 친구가 더 잘 돼야
내게 힘이 될 수도 있고

내 회사가 잘 되어 나가야만
내 가족에게 행복이 있고
내 나라가 잘 되어 나가야만
우리 모두가 편안하게 살 수 있어요.

시기하지 말아요.
질투하지 말아요.

이웃이 잘 돼야
내가 살고
내 이웃이 살고
우리 모두가 더불어
행복해져요.

사촌이 땅을 사면,
아프던 배도 나아져야만 하지
그대가 왜 배 아파해야 하나요?

내게 기다릴 사람은 없는 것 같은데

기다려도 내게 찾아올 사람은 없는 것 같은데

기다리고 싶은 그리움이여.

아- 그리움이여!

제3장

세월, 그리고 오고 가는 계절

歲月이라는 인생열차

우리가 타고 가는
"歲月"이라고 하는 인생열차.

쉬지도 않고 잘도 가더라.
정차역(停車驛)도 없이 잘도 가더라.

세월아 너만 먼저 가거라.
나는 잠시 쉬었다 가마.

아무리 내가 힘들어 해도
아무리 내가 붙잡아도
뒤 돌아 보지도 않고 잘도 가더라.

무정한 세월이여
달려가는 인생열차여

따라가기 힘들어도
따라가기 싫어도

너와 함께 가야 할 운명인데

가는 데까지 같이 가야지.

가다가 나 혼자 쉬게 되면
거기가 곧 끝이 될 터이니까.

내가 타고 가는 인생열차
그의 종점은 어디쯤에 있는가.

인생은 지구를 타고

우리는 어디에서 와서
여기 지구라는 작은 별에서 살아가고 있는가?

우리들을 태우고 돌고 도는 지구,
그 에너지는 어디서 오는지
쉬지도 않고 잘도 돌아가고 있네.

낮이 가면 밤이 오고
밤이 가면 낮이 오고
날이 새면 눈을 뜨고,
밤이 오면 눈을 감고

월→화→수→목→금→토→일

하루가 가고
이틀이 가고
내일이면 또 일요일.

성경책을 들고
교회에 갔다 오면

한 주도 금방이네 그려.

우리 살아가는 인생이
별거인가.
끊임없이 돌고 도는 일상 속에서
먹고 자고 일하고
돌고 돌며 살아가는 것,

그러하다가
때가 되면 누구나 가는 건가.

세월 가는 것은 천리(天理)인데

세월은 왜 이리도 잘도 가는가.

하루하루 날짜 가는 것은
더디게만 가는 것 같아도
365일 1년 가는 것은
금방이네 그려.

한 해의 시작이
바로 엊그제와 같건만
어느 새 열두 달이 다 가버리고
또 나이만 한 살 더 늘어나는가.

세월 가는 것이야
천리(天理)인데 어찌하랴.
늙어 가는 것도
세월 따라 가는 것을 어찌하랴.

세상만사가
시작이 있으면 끝도 있고
끝이 오면 또 다른 시작도 있더라.

세월이 가노라면,
우리네 인생이란 여행도
끝날 날도 오련만
또 다른 시작은 어디에 있는가.

가도 가도 알 수 없는 게
우리네 인생 가는 길이더라.

우리가 가야 할 또 다른 여행지(旅行地)
저 넓고도 넓은 무한한 우주의 공간
그 어디에 있을까.

가는 세월, 오는 세월

세상 살아가는 것이
왜 이리도 힘든가.

뒤 돌아보니
가는 세월이란 놈은
빨리도 가는데

앞을 내다보니
기다리는 세월
오는 세월이란 놈은
왜 이리도 더디게만 오는가.

가는 세월이란 놈은
쉬지도 않고 그리도 빨리 가는 건지.
이 내 몸 늙어 가는 것을 어찌하랴.

세월이 가노라면
이 몸도 세월 따라
어쩔 수 없이 늙어간다고 해도

새로 오는 세월도 있기 때문에
그런 기다림이 있기 때문에
그 기다림 속에서
나는 오늘을 살아가련다.

가는 세월이여
뒤 돌아 보지 말자.
미련도 두지 말자.
흘러간 물은 다시 돌아오지 않는다.

오는 세월이여.
살아가는 게 이리도 힘든데
어찌도 그리 느릿느릿 오는가.
빨리 오게나, 기다리는 세월이여.

지구는 쉬지도 않고 돌아

우리 살아가고 있는
지구라는 작은 별.

정해진 궤도를 따라서
쉬지도 않고 끊임없이 돌고 돌아

해가 뜨고
해가 지고
날이 가고
달이 가고
한 해가 가고

세월 가는 것이 금방이더라.
인생 가는 것도 잠시 잠깐이더라.

아- 돌고 도는 지구를
그 누가 붙들어 맬 수 있겠는가.

아- 세월 따라 가는 인생을
그 누가 붙잡아 둘 수 있겠는가

버스 지나가고 손들면 뭘 해

건강 잃어버리고 나서야
그 고마움을 아는 사람도 있더라.

재산 모두 다 탕진하고 나서야
돈 벌려고 하는 사람도 있더라.

부모님 돌아가시고 나서야
제사 잘 지내자고 하는 놈도 있더라.

여행도 미루고 미루더니,
늙어져서 힘없어 못 가는 사람도 있더라.

내게 있을 때,
내 것을 소중하게 생각하세요.
우리네 인생 그렇게 길지 않아요.
가는 세월도 멈추지 않아요.

내 것 잃어버리고 나서야,
내게서 떠난 다음에서야
되찾고 싶어도

되돌리고 싶어도
버스는 이미 지나갔어요.

버스 떠나고 손들면 뭘 해요.
되돌아오지 않아요.

꽃 피는 봄이 가고 있네

우리네 가슴을 설레게 했던
진달래, 벚꽃들은
다 어디로 가고

산에도 들에도 푸릇푸릇
신록으로 옷을 갈아입었네.

가는 봄을
그 누가 붙들 수야 있겠는가.
그 누가 머물게 할 수야 있겠는가.

그 찬란했던 꽃들은
계절따라 피고 지고
그 잎이 무성하게 우거져서
낙엽이 되어 떨어져 가버려도

또 다시 봄은 오련만,
또 다시 꽃은 피련만

한번 가버린 우리의 봄은

또 다시 오지 않는가.

무정한 세월이여
가는 봄이여

너만 왔다 갔다 하지 말고
우리네 봄도 다시 함께 오지 않으련가.

유월의 장미화여

유월이 오는 이른 아침에
창문을 열자.
가슴을 열자.

가슴 가득히 밀려들어 오는
찬란한 햇살이여.
빨알간 장미화여.

그 누가 밤새도록
펜스 울타리에
저리도 고운 꽃들로 수놓았을까.

주렁주렁 사랑이 걸려 있네.
송이송이 정열이 타오르고 있네.

나도 저 속에 묻혀 살고 싶네.
꽃으로 살고 싶네.

내 마음은 아직도
가슴 뜨거운 청춘이고 싶은데.

세월이여 가지 마라.
꽃이여 지지 마라.

세월이 가도
계절이 가도
이 몸이 늙어 가도
꽃으로만 남아 있으면 얼마나 좋으랴.

가을비에 젖어서

비가 내리네.
소리도 없이 추적추적.

그 옛날,
낙엽이 지는 오솔길
빗속으로 그 님을 떠나보내면서
소리 죽여 울었던 그 눈물처럼

가을비는 지금
내 침실 유리창을 타고
방울방울 흘러내리고
내 가슴, 가슴으로
차갑게도 흐르고 있네.

유리창 밖 너머로 내다보이는
아파트 빈터,
샛노란 단풍잎으로
그토록 곱던 나무들

겨울로 가는 길목에

검붉게도 퇴색해버린 채
후줄근히 비에 젖어 있네.
눈물에 젖어 있네.

아- 가을은 가고
겨울은 왔는가.

찬바람이 불어오면
나무들은 모두 다 옷을 벗어버리고
비바람과 눈보라 속에서도
맨몸으로 맞서면서
다시 오는 봄을 고대하면서
그 길고도 긴 겨울을 인내하고 살아가련만

우리네 봄은
한번 가버리면 다시 오지 않는가.

가을(秋)이 가고 있네

빨갛게 물들여진 도시의 공원
그 숲 속 사이사이로
소슬한 갈바람이 불어오고

낙엽이 눈발처럼 내리네.
낙엽이 꽃잎처럼 지고 있네.
낙엽이 포도 위에 소복소복 쌓이고 있네.

그 누가 길 위에 쌓이는 낙엽을 쓸고 있는가.
낙엽을 쓸어버리지 말아요.
거기에 가을이 있는데
그대로 놔둬요.

여보게, 친구여.
여기 낙엽 지는 숲속 길을 우리 같이 걸어요.
옛 추억 속의 길을 걸어요.
낙엽을 밟으면서 맨발로 걸어 봐요.

우리 모두들 모자를 벗고 걸어요.
떨어지는 낙엽을 그대로 맞으면서

풋풋한 향기 속에 취해서 걸어요.

봄여름 그리고 가을
그 찬란했던 나무들은
하나둘씩 옷을 벗어 던지고
맨몸을 드러내기 시작하고

나뭇가지들 사이로 멀리 내다보이는
잿빛 하늘 멀리 멀리
가을이 가고 있는데

누가 가는 가을을
붙들 수 있겠는가.

거기 내가 서 있네.
쓸쓸한 나목처럼 내가 서 있네.
가는 가을 따라 나도 어디론가 가고 싶어지네.

그 숲 속 사이사이로 차가운 바람은 불어오고
내 머리 위로 낙엽이 지고 있네.

가을이 가고 있네.

흰 눈이 내리는 날

하얀 눈이
새하얀 함박눈이
뿌옇게도 흐린 하늘 멀리서
목화송이처럼 소리 없이 날려서 내려오네.
청초(淸楚)한 꽃잎들이 사뿐사뿐 내려오네.

여기 도시(都市)의 공원
앙상한 나무 가지들 위에도
숲 사이사이로 뚫린 포도(鋪道) 위에도
소복이 쌓이고 있네.
어디를 봐도 온통 하얀 세상이네.

이런 날엔
세상살이에 무디어진 내 가슴도 뛰네.
그 옛날 철없이 뛰놀던 소년이고 싶네.
무작정 거리로 뛰쳐나가고 싶어지네.

그리운 옛 친구라도 만나서
눈이 내리는 하얀 눈길을 함께 걷는다면
그 얼마나 낭만적(浪漫的)일까.

하얀 눈발을 그대로 맞아 가면서
쌓이는 눈길을 그대로 밟아 가면서
잊었던 옛 이야기랑 나누면서
그 낭만의 길을 같이 걷고 싶구나.

봄, 여름, 가을, 겨울
무상(無常)한 세월만 강물처럼 흘러 가버리고
그 옛날 추억 속의
하얀 눈이 내리고 있네.

눈이 내리네.
전설(傳說) 속의 그 옛 이야기처럼
하얀 눈이 소복소복 쌓이네.

내게 기다릴 사람은 없는 것 같은데
기다려도 내게 찾아올 사람은 없는 것 같은데

기다리고 싶은 그리움이여.
아— 그리움이여!

우리 이 세상, 여행하러 왔다가,

여기저기 기웃거리며 구경 잘 하다가,

갈 때가 되면 돌아가는 것 아니겠는가.

그게 바로 우리 인생이니까.

제4장

여행

노년에 여행을 떠나요

우리 노년에
도시의 빌딩 숲 속에 갇혀서
가슴 답답하고 막막해질 때는
훌훌 털어버리고 여행이나 떠나요.
거기에
산과 들이 있고
강물이 흘러가고 바다가 있고
내 어린 시절 자연 속에 묻혀 살던
그리운 고향산천도 있네.

그런 곳을 찾아서 여행을 떠나요.

이 나이가 되어서도
여행이라고 말하면,
어릴 때 소풍갈 때
밤잠을 설치게 했던 것처럼
지금도 가슴을 설레게 하네.

도시락 하나 달랑 둘러매고
마냥 즐거워 뛰놀았던 소풍날의 추억은
지금도 잊을 수가 없네.

그 아련한 추억을 찾아서,
그리움을 찾아서
산과 들이 살아 숨 쉬는 자연을 찾아서,
우리 여행을 떠나요.

우리 노년에 할 일이 뭐가 그리도 많은가.
세상 시름 다 잊어버리고
가보고 싶은 곳, 찾아가서 보고
먹고 싶은 것, 찾아가서 먹어보고
가다가 낯선 사람을 만나서 정이 들면

친구가 되기도 하고.

바람 불어가는 대로
물 흘러가는 대로
가는 세월 잊어버리고
길 따라 가면서,
세월 따라 가면서
그런대로 마음 편하게 살아가요.

어떤 詩人이 말했었던가.
이 세상에 소풍 와서 구경 잘하고 돌아간다고,

우리 이 세상, 여행하러 왔다가,
여기저기 기웃거리며 구경 잘하다가,
갈 때가 되면 돌아가는 것 아니겠는가.
그게 바로 우리 인생이니까.
인생이란 여행이니까.

친구여!
우리 노년에 여행을 떠나요.
그리운 고향 산천을 찾아가요.

바닷가에서

비단결 같이 곱게도 펼쳐진
저 넓은 바다여!
넘실넘실 밀려오는 저 푸른 파도여!

가없이 먼 수평선 끝 저 하늘에는
흰 구름이 둥둥 떠가고
갈매기도 구구구 날고 들고
통통선도 끊임없이 오고 가는 바다.

저 바다를 보고 있노라면
지금도 그 옛날의 꿈 많은 소년
바다는 내 가슴을 뛰게 하네 그려.

바다는 예나 지금이나
변함없이 그대로인데
바다에 꿈을 폈던
내 젊은 시절은 어디로 가고
덧없이 세월만 흘러갔구나.

가는 세월을 탓해서 무엇하리.

이제 육신은 늙어져 노쇠해졌는데
그래도 마음은 청춘이라네.

가자, 가자!
가없이 펼쳐진 저 푸른 바다를 향하여.
잃어버린 내 꿈을 찾아서
마음에 돛을 달고 달려서 가자.

파도가 너울너울 날 오라고 하네.
갈매기도 구구구 같이 가자고 하네.
통통선이 통통통 어서 타라고 하네.

나를 잡지 마라
세상만사여!
모두 다 훌훌 털어 버리고
무작정 떠나보자.
저 넓고 넓은 푸른 바다에
내 몸과 마음을 던져버리자.

날고 드는 저 갈매기들처럼

유유히 흘러가는 저 구름처럼
바람 따라 물길 따라 흘러가면서
근심걱정 다 잊어버리고
맘 편하게 살아간다면
얼마나 좋으랴.

- 강릉 해변에서

저 바다에 살고 싶다

저 넓고 푸른 바다여
파도 잠잠한 고요한 바다여,

태초 이 지구에 바다가 열리고
수억겁의 세월 속에서도
변함없는 그 모습 그대로
존재해 온 바다여.

저 바다 앞에서
그 누가 인생을 논하랴.
저 대자연의 위엄 앞에
머리를 숙이노라.

거기에 높고 낮음이 어디에 있겠는가.
잘나고 못난 게 어디 있겠는가.
인간들의 전쟁이 어디 있겠는가.

거기에 자유가 있네.
거기에 평화가 있네.
거기에 평등이 있네.

저기 저 바다를 보고 있노라면,
내 마음도 바다이려니.

이 세상의 슬픔도 고통도
한 순간에 다 사라져.

인생사 잠시 잠깐일진데
아웅다웅해서 무엇 하겠는가.

저 넓고도 푸르른 고요한 바다.
아! 저기 저 푸른 바다에 내가 살고 싶다.

– 註: 서천 마량포구 바닷가에서

어촌의 아침

문 밖 바로 앞까지 출렁대던
그 바닷물,
밤새 어디로 가버렸나.

썰물 따라 어둠도 밀려가고
저 멀리 어슴푸레 멀어져 간 검푸른 바다 멀리,
수평선 저 너머로
아침이 밝아 오네.

바닷물이 멀리 가버린
그 자리에
바다는 맨 바닥을 드러내고
검은 양탄자처럼 넓게도 펼쳐진 갯벌이여.

썰물 따라 멀어져 간 바다 저 멀리
섬과 섬들 사이로
고깃배들이 연이어
통통거리며 어디론가 빠져 나가고.

여기 한가로운 어촌도 분주해져
아낙네들 소쿠리 옆에 끼고 갯벌로 나와서
삼삼오오 떼를 지어
조개잡이를 하네.

갈매기들도 어디선가
떼를 지어 날아들어 와서
그 갯벌 위를 날고 도네.

누가 저토록 아름다운 그림을 그려 놓았을 까.
아— 거기에 평화가 있네.
우리 살아가는 의미가 있네.

— 註: 서천 마량포구 바닷가에서

저 바다로 떠나고 싶다

서녘 멀리 멀리
넓게도 펼쳐진 석양의
금빛 바다.

그 고운 바닷물이
들어오는 밀물 따라서
반짝반짝 빛나면서 밀려들어 오고.

베란다 유리창 밖
바로 앞, 솔숲 사이에서
넘실넘실 출렁거리고 있네.

비단결 같이 곱고도 고운
저 바다의 포근한 품속에
내가 안기고 싶어라.

해 저무는 하늘
송이송이 구름송이들이
둥둥 떠서 어디론가 가고

철새들도 떼를 지어서
어디론가 날아가고

고기잡이 통통선도
수평선 너머 어디론가
통통거리며 떠나가고

바다 멀리서 불어오는 하늬바람이
차갑게도 나를 스치고 지나가네.

나도 저 구름처럼
저 철새들처럼

바람 따라서
구름 따라서
저 바다로 떠나고 싶다.

저 바다의 물길은
온 세계로 연결되어 있으련만,

세상의 온갖 시름
다 잊어버리고
무작정 떠나고 싶다.

저 바다로 떠나고 싶다.

– 註: 2020.11.17. 서천 바닷가에서

시베리아 횡단열차를 타고

여기는 시베리아 횡단열차의 시발점,
러시아에서도 맨 극동에 있는 블라디보스토크.

그 옛날 원주민들이 바닷가에 나가
고기 잡아 먹고 살던
동화속의 평온한 어촌이었는데,

그 고기잡이배는 어디에도 없고
지금은 호시탐탐(虎視眈眈) 대륙의 극동을 지켜보고 있는
막강 러시아의 군함만이 닻을 내리고 있네.

여기 블라디보스토크에서
종착역 유럽의 모스크바까지는
지구 둘레의 사분의 일에 해당하는 구천여 킬로미터,

거기 까지 가는 도중에
시간대만 해도 아홉 번을 바뀐다고 하니
내 팔목시계 바늘도 아홉 번을 바꿔야 하네.

나는 오늘,

부푼 가슴을 안고
그 낭만의 열차에 몸을 싣는다.
그 밤 열차는 덜커덩거리면서 출발하고
나도 형언할 수 없는 감회에 잠긴다.

일제 강점기
나라 잃은 설움을 안고 조국을 떠나
거기에 정착해 살던 우리 동포들이
중앙아시아 지역으로 쫓겨 나갈 때,
이 열차를 타고 갔다고 하네.
그 숫자만 해도
무려 칠만 육천여 명,

山도 들(野)도 아무 것도 보이지 않는
차창이 없는 화물열차에 짐짝처럼 몸이 실려
열차는 삼~사십여 일을 밤낮으로 달려서
낯설고 물설고 황무지같은 중앙아시아 벌판에
풀어 놓았다고 하네.

열차는 밤새 달려서

어둠사이로 어느새 새벽이 열리고
어렴풋이 내다보이는 차창 밖으로
가도 가도 끝이 없는 넓은 평원,

집도 사람도 보이지 않고
자작나무 울창한 숲과
군데군데 습지만 열려 있네.

아—! 넓은 평원이여.
끝없이 펼쳐진 자작나무 숲이여.

아—! 여기가 그 옛날,
우리 고구려 연개소문 장군이
당나라 대군과 맞서 싸웠던 우리의 땅이 아니겠는가.

여기가 그 옛날,
대조영 장군이 동모산 기슭에 터를 잡고
잃어버린 고구려 옛 땅을 되찾고자
당나라 군대와 맞섰던 곳이 아니겠는가.

아– 원통하구나.
그 잃어버린 땅은 언제 찾을고.

우리는 지금 대륙의 맨 끝자락
한반도 좁은 땅으로 밀려 나와 있다고 할지라도
세계가 주목하고 있는 중흥의 시대에 들어섰는데,

우리 여기서 멈출 수가 없어
우리 서로 힘을 합하여
그 누구도 넘겨다 볼 수 없는 부강, 한국을 만들고

우리는 이제 대륙의 맨 끝 항도 부산에
대륙횡단 열차의 시발점을 만들어

우리의 국력이
이제 한반도를 넘어 옛 만주를 거쳐
저 광활한 시베리아 대륙을 횡단하여,
유럽까지 뻗어 나가자.
드넓은 세계로 펼쳐 나가자.

상하(常夏)의 섬, 오키나와

꿈을 싣고
낭만을 싣고
들뜬 내 몸도 싣고

내가 그리던 오키나와로 향하는 비행기는
인천 국제공항 활주로를 미끄러지듯
"덜커덩" 하면서 공중으로 뜬다.

출발 두어 시간여밖에 안 되었는데도
어느 새 도착했다는 듯
들려오는 기내방송.

여기가 일본 열도의 맨 남쪽의 끝에서도
바다 멀리 멀리 떨어져 나간
태평양의 한 쪽에
외롭게 떠 있는 섬.
오키나와.

그토록 멀고도 멀었던 오키나와,
비행기를 타고 지금에 와서 보니,

서울에서 고속도로로 달려서
대전 가는 시간 거리도 안 되는
너무나도 가까운 거리에 있었네.

일년 365일 중에서도
절반 이상이 비가 내리고
섭씨 24~30여 도를 오르내리는
상하의 나라,
오키나와.

그 옛날 토착민들이
거친 바다를 일터로 삼아 고기잡이를 하고
사탕수수와 파인애플,
쌀, 고구마 등을 경작해서
근근히 먹고 살아 왔었던
옛 류구왕국(流球王國)이 아닌가.

그날의 모습은
그 어디에도 찾아 볼 수 없고
지금은 태평양전쟁 당시 초토화된 폐허를 딛고

현대식 빌딩들이 즐비하게도 들어서 있는
항구도시 '나하'

중심가의 번화가(繁華街),
'국제거리'에는
점령군이었던 미군 병사들이 드나들었던
클럽 등이 아직도 곳곳에 남아 있고.

그 옛날의 흔적이라고 해 봐야
류구왕국의 도읍지 수리성지(首里城址)가
먼 바다를 지켜보고 있네 그려.

해외 자유여행 아무나 하나

해외 자유여행 아무나 하나,
내가 해보니까,
나도 할 수 있더라.

중국으로 자유여행 가자고 해서
중국말 한 마디도 할 줄 모르는
우리 부부도 선뜻 따라 나섰지.

가이드 꽁무니만 졸졸 따라 다니는
해외 패키지여행은
다닐 만큼 다녀 봤지만,
자유여행은 이번이 난생 처음.

왠지도 모르게
가슴이 두근두근 두려움도 앞섰지만
친구 따라서 강남도 간다고 하는데,
우리 부부도 친구 좋아서 따라 나섰지.

인천항 연안부두에서
중국 옌타이(煙台)항을 오고가는 연락선,

'향설란' 훼리호에 몸을 실었네.

훼리는 밤새도록 황해바다 거친 파도를 가르고
우리는 지친 몸을 누인 채 지루한 시간을 뒤척이고 있었는데
선내 방송에서 무어라고 "셸라 셸라~~"

말은 알아듣지 못하지만,
목적지에 다 도착했다는 듯.

밖을 내다보니
눈앞에 낯선 항구도시가 바라다 보인다.

아-
여기가 우리 코리아에서도
바다 건너 가장 가까운 중국 땅,
대륙의 맨 동쪽 끝머리에 위치한
산동반도(山東半島)의 옌타이(煙台) 항구가 아닌가.

지금으로부터 일천여 년 전,

통일신라시대,
나당연합군에 패망한
고구려와 백제의 유민(流民)들이
나라 잃은 설움을 안고 여기로 이주해 살았었던 곳.

옌타이 '베스트 웨스턴' 호텔에 짐을 풀고
전통시장 거리를 거닐면서
요것조것 맛도 보고
그 기분이야말로 끝내주더라.

중국에서도 지압기술이 제일간다는
발 맛사지 받고 나서
돼지 삼겹살에 고량주 한잔 걸치고 나니,
그 기분, 천하가 부럽지 않더라.

옌타이에서 칭다오(青道)로 가는 길은
가도 가도 끝이 없는 들판 길,
고속도로 쉬지 않고 달려서 3시간여의 거리.

중국이 대륙이라는 걸

다시 한 번 실감할 수 있었지.

맥주 100주년을 기념해서 만들었다고 하는
칭다오 맥주박물관을 방문,

세상에 공짜는 없다고 하던데
우린 모두 무료입장,
맥주에다 땅콩안주까지 무료 제공,
거기에다 맥주는 무제한이라고 하네.

또 하나 유명한 칭다오 찌모루(卽墨路)시장,
세계에서도 유명한 브랜드는
여기 다 모여 있다고 하네.

말이 짝퉁이라고 하지만
진짜에 못지않은 명품 같더라.

팔고 사는 사람들 간에
가격을 놓고 밀고 당기는 흥정의 재미,
바로 거기서만 맛 볼 수 있는 것 같더라.

해외 자유여행,
아무나 가나?
말 못한다고 못 갈 게 아니더라.

손짓 발짓으로 하는 말,
아니면 그림으로 그려서도 하는 말,
만국통용어(萬國通用語)는
어디를 가든지 통하더라.
안 통하는 게 없더라.

중국말은 한 마디도 몰라도
아프리카 토인하고도 통한다는 만국통용어가 있어
물어물어 버스도, 택시도 번갈아 타고
전통시장에도 찾아가 들려 봤지.

해외 자유여행, 혼자라도 좋고
둘이라면 더 좋고
친구들하고 같이 가니
더 좋은 것 같더라.

– 2019. 11.13.

그대를 좋아서 기다리는 사람이 있고

그대가 그런 사람과 곁에서 함께한다면

그게 바로 살아가는 힘이지요.

그게 바로 행복이지요.

제5장

사랑, 그리고 신앙

사랑은 아무나 하나

젊은 남녀 간에 하는 뜨거운 사랑,
서로 좋아하니까 사랑하지요.

부모가 자녀들에 대한 희생적 사랑,
내 자식이니까 사랑하지요.

내가 좋아하는 사람에 대한 사랑,
내가 좋아서 하는 사랑이지요.

그런 사랑은
그 누구라도 다 할 수 있어요.

그 누구도 사랑할 수 없는 사람에 대한 사랑,
그 누구에게도 사랑 받지 못하는 사람에 대한 사랑,

이런 사랑은
아무나 하지 못하지요.

사랑은 주는 것.
사랑에는 대가(代價)가 없는 것.

사랑에는 자기희생이 따르는 것.

이런 사랑이야말로
진정한 사랑,
참된 사랑이라고 말할 수 있지요.

사랑은 아무나 하나요.
그런 사랑을 하세요.

아가야, 곱게 자라서 빛나라

세상에 갓 태어난
어린 새 생명,
뽀오얀 얼굴에
생글 생글 웃는 그 모습.

꽃이 어디 저토록 예쁜 꽃이 있으랴.
예술작품이 어디 저토록 아름다운 예술품이 있으랴.

너무 귀엽다.
너무 예쁘다.
혼자 보기에는 너무 아깝다.

위대한 예술품이 따로 있을까.
저게 바로 예술품이 아니고 무엇이랴.
하늘보다 땅보다도 더 귀한
창조의 예술이 생명이네.

저게 어디서 왔을까.
그 누가 여기 보냈을까.

그게 하늘에서나, 땅에서나
그냥 떨어지거나, 그냥 솟아 나왔을까.

세기적(世紀的)인 예술작품도
예술가의 남모르는 피땀으로 만들어진 것일 진데,
그 귀한 생명도
엄마의 산고(産苦)를 거치지 않고서야
저리도 예쁘게 태어날 수 있었겠는가.

그래서 예술작품도 새 생명도
모두 다 귀하고 고귀한 것.
아름다운 것.

아가야,
귀한 생명이여.
거친 세상에 와서
세상 모든 풍파 이기고
곱게 곱게만 자라다오.
위대한 예술품으로 완성되어 길이 빛나라.

어린 아기로 돌아가자

아기가 방글방글 웃는다.
웃는 아기 얼굴이 너무 예쁘다.
너무 귀엽다.

엄마가 웃는 아기 입에
연신 밥숟가락을 들이댄다.

아기는 방글방글 웃다가도
엄마가 숟가락을 내밀 때마다
제비 새끼처럼 그 귀여운 입을 떡떡 벌리곤 한다.

엄마는 그 순간을 놓칠세라
재빠르게도 밥숟가락을 아기 입에 넣는다.

아기는 또박또박 받아먹으면서
방글방글 웃는다.
그 모습이 마치 아기 천사와도 같다.

천사가 어디 따로 있나.
그게 바로 천사가 아니겠는가.

거기에 우리 무슨 반목이 있을까
거기에 우리 무슨 미움이 있을까.

거기에 사랑이 있고
평화가 있고
우리 모두의 사랑과 평화가 있네.

이제 우리 모두
어린 아기로 돌아가자.
거짓도 미움도 없는 사랑으로
시기도 싸움도 없는 평화로.

"진실로 너희에게 이르노니,
너희가 돌이켜 어린아이 같이 되지 않으면,
결단코 천국에 들어가지 못하리라."

〈마태복음: 제18장 제3절〉

어미 개와
강아지 열두 마리(母性愛)
(TV 다큐 프로그램 속의 한 장면)

어느 시골 농가 뒷마당 양지 바른 쪽,
평화롭게 놀고 있는
누렁이 어미 개 한 마리와
젖먹이 강아지들.

축 늘어진 어미 개의 배,
그 젖꼭지에
새끼 강아지들이 주렁주렁 매달려
서로들 머리를 맞대고 밀어대면서
서로들 장난을 치면서
젖을 빨고 있네.

하나 둘 세어 보니
모두 열두 마리.

저토록 많은 새끼들에게
젖을 빨리고 있는 어미 개가 너무 안쓰러워.
그래도 어미 개는 아랑곳없이
젖을 내 놓고 빨리고 있네.

이웃 동네 사람이
봉고 트럭을 몰고 와서
강아지 한 마리를 얻어 가지고
품에 안고 운전석에 타고 떠나려고 하는데.
어미 개 슬픈 듯 물끄러미 쳐다만 보고 있네.

봉고트럭은 시동이 걸리고
문 밖으로 빠져 나가 도로로 달려가는데
어미 개도 그 뒤를 따라 가고 있네.

봉고트럭은 속도를 내면서
멀리멀리 사라져 가 버리고.

어미 개는 따라가다 말고 문 밖 도로에 서서
트럭이 멀리 사라져 간 먼 동구 밖을
멀거니 바라만 보고 서 있네.

아-, 짐승에게도 저와 같은 모성애가 있거늘
하물며 우리 인간에게야

말해서 무엇 하겠는가.

"자기 자식도 버리는 인간들이여!
개에게 가서 배워라"

사랑은 기다리는 마음
(TV 다큐 프로그램 속의 한 장면)

어느 무더운 여름 날,
한적한 시골,
마을 어귀의 버스정류장.

흰둥이 개 한 마리
더위에 혀를 내민 채 땅바닥에 엎드려 누워서
누군가를 간절히 기다리고 있네.

시골 버스는
그 정류장 앞을 간간이 오고 가면서
승객들을 한 두어 명을 거기에 내려주고

그럴 때마다
흰둥이 개,
벌떡 일어나서
두리번거리며 그 누군가를 찾고 있네.

버스가 정류장을 떠나가면,
흰둥이 개,
가는 버스를 물끄러미 쳐다보다가

버스가 멀리 사라져 가버리면
다시 또 제자리로 돌아와서 드러눕는다.

그러하기를 온 종일 네다섯 번인가
어느덧 해는 서산마루에 걸리고

마지막 버스가 들어오고
웬 노인네 한 사람이 버스에서 내리자
지쳐 누워있던 흰둥이
힘이라도 새로 솟는 듯
벌떡 일어나서 달려가네.

그 노인네 흰둥이 볼에 얼굴을 비벼대고
흰둥이는 꼬리치며 좋아라고 뛰어들고.

하찮은 짐승이라 할지라도
자기를 키워주고 사랑해 주는 주인을 알고
저토록 좋아하는데
하물며 우리 인간들이야.

이 세상에 그대만을 저처럼 기다리는 사람이
한 사람이라도 있다고 한다면
그대는 참으로 행복한 사람이지요.

세상 살아가기가
아무리 팍팍하고 힘들다고 할지라도
그대를 좋아서 기다리는 사람이 있고
그대가 그런 사람과 곁에서 함께한다면

그게 바로 살아가는 힘이지요.
그게 바로 행복이지요.

내게 힘이 되신 여호와여

〈시편 18:1 나의 힘이 되신 여호와여, 내가 주를 사랑하나이다〉

내가 가는 앞길이 캄캄하고 막막할 때
나는 주님을 찾습니다.
주님은 내게 빛이요
나를 인도해 주시기 때문입니다.

내가 가는 길이 외롭고 힘들 때
나는 주님을 찾습니다.
주님은 내게 힘을 주시고
나와 동행자가 되어 주시기 때문입니다.

내가 슬픔을 당해서 울고 싶을 때
나는 주님을 찾습니다.
주님은 나와 함께 울어주시고
나를 위로해 주시기 때문입니다.

내가 병들어 아플 때
나는 주님을 찾습니다.
주님은 내 아픈 데를 어루만져 주시고

내 아픈 몸을 치유해 주시기 때문입니다.

내게 즐겁고 기쁜 일이 있을 때
나는 주님을 먼저 찾습니다.
나를 도와주신 주님께 알리고 싶기 때문입니다.

“나의 힘이 되신 여호와여
내가 주를 사랑하나이다.”

내가 의지하고 나의 힘이 되시는 주님이시여,
나를 내 뜻대로만 가게 내버려 두지 마시고
나를 주님 뜻대로 인도하시옵소서.

주여,
나를 좁은 문으로 인도하소서

내가 향하여 가는 문은
좁은 문(門),
거기로 가는 길은 좁고 험하고 힘든 길.

세상 사람들은 모두 다
넓고도 편한 길로 잘도 가는데,

나는 왜 이리도 어렵고
힘든 길로 가야만 하는 가.

나도 남들처럼 편한 길,
힘들지 않은 길
그 길 따라서 가고 싶네.

세상, 바람 불면 바람 부는 대로
세상, 물결치면 물결치는 대로
한 세상 편한대로 살아간다면 얼마나 좋으랴.

"좁은 문(門)으로 들어가라.
그 문(門)으로 가는 길은 좁고 험한 길이나

생명으로 인도하는 길이니라."

오, 주님이시여!

내 안에 들어와서
나와 함께 동행하여 주시고
내가 세상 유혹에 흔들리지 않게 하시고
나를 다른 길로 들어서지 않게 하시옵소서.

나를 붙잡아 그 좁은 문으로 인도하소서.
영원한 생명으로 들어가는 문으로.

〈마태복음 7장 13절~14절: 좁은 문으로 들어가라. 멸망으로 인도하는 문은 크고 그 길이 넓어 그리로 들어가는 자가 많고 생명으로 인도하는 문은 좁고 길이 협착하여 찾는 자가 적음이니라.〉

승패에만 매달리지 마라

세상 살아가는 것
서로 물고 물리는 극한 경쟁.
거기서 승리해야만
돈도 명예도 권세도 따르더라.

어디를 가도 승자만이 대우 받고
어디를 가도 패자는 설 자리가 없더라.

그래서 세상 사람들은
절차도 수단도 정의도 없고
오직 목표는 하나,
승리만을 쟁취하기 위해서
하루하루 숨 가쁘게 뛰고 뛰는가.

아—! 살벌한 경쟁사회여.
참으로 안타깝도다.
누가 세상을 이토록 만들어 놓았는가.

나는 지금까지
한눈 팔지 않고 앞만 보면서

맡겨진 일에 책임을 다하고 힘을 다하여
열심히 살아 왔다고 자부하고 싶은데,

왜, 공정한 평가는 받지 못하는가.
왜, 결과는 항상 뒤로 밀려나야 하는가.

그게 잘못됐다고 해서 불평하지 마라.
그걸 인정해 주지 않는다고 해서 원망도 하지 마라.
거기서 밀려났다고 해서 낙담도 하지 마라.
거기서 뒤처졌다고 해서 주저앉지도 마라.

세상 살아가는 것
잘돼 가는 것 같지만 잘못될 수도 있고
잘못돼 가는 것 같지만 잘될 수도 있더라.

지금 잘나간다고 해서 교만하지도 말고
지금 뒤처졌다고 해서 기죽지도 마라.

"인생지사(人生之事) 새옹지마(塞翁之馬)"

지금은 네게 맡겨진 일에만
정성을 다하고 최선을 다하는 것.

– 세상 사람들이 다 너를 몰라준다고 해도
공의의 하나님은 너를 알고 계신다. –

세상사 불공평한 것도 인정하고 살아야

어떤 사람은 대궐 같은 집에서
호의호식(好衣好食) 잘도 살고 있는데,

나는 어찌하여
어둠 컴컴한 오막살이 같은 집에서
어렵게 살아가야만 하는가.

세상 사람들 대부분은
육신이 온전하여 온갖 것을 자유자재로 즐기면서
잘도 살고 있는데,

나는 육신이 온전하지 못해서
힘들게만 살아가야 하는가.

세상사(世上事)가 왜 이리도 불공평할까.

세상사(世上事)가 그러하거늘,
그러려니 하고 살아야지
그걸 탓하면 단 하루도 못 살아.

성경에서 보는
거지 나사로와 부자를 기억하라.

나사로는 생전에 부잣집 문 앞에서
부자가 떨어뜨리는 부스러기만 얻어먹고 힘들게 살았지만
죽어서는 천국에 들어가 아브라함의 품에 안겼었고

부자는 생전에 가무(歌舞)와 주지육림(酒池肉林)을 즐기면서
희희낙락(喜喜樂樂) 살았지만
죽어서는 불구덩이 속, 지옥에 떨어졌었지.

부자이거나 가난한 자이거나
몸이 성한 사람이거나 불편한 사람이거나
죽음은 누구에게나 공평한 것.

세상사 불공평한 것을 탓하지도 마라.
불공평한 것도 인정하고 살아야지.
내게 주어진 것으로 감사를 찾아서 살아가야지.

그게 바로 세상을 행복하게 사는 것이다.

〈누가복음 16장 19절~31절: 부자와 거지 나사로〉

빛과 소금의
사명을 감당하게 하소서

〈마태복음 5장 13절~16절: 너희는 세상의 소금이고, 너희는 세상의 빛이라.〉

주님!
이 세상 부패한 곳이 너무도 많아요.
저희를 거기 빠지지 않게 인도하소서.
저희도 그 속에 묻혀 썩지 않게 도와주소서.

주님!
이 세상 어두운 곳이 너무도 많아요.
저희를 거기 어둠속에 들지 않게 인도하소서.
저희도 그 속에 갇혀서 헤매지 않게 도와주소서.

"너희는 세상의 소금이니,
그 맛을 잃으면 아무 쓸데없어 버려질 뿐이니라."
"너희는 세상의 빛이라.
그 빛이 비치게 하여 하나님께 영광을 돌리게 하라."

저희가 세상 부패한 곳에서
그 부패를 막아내는 소금이 되게 하소서.

저희가 세상 어두운 곳에서
그 어둠을 밝게 하는 빛이 되게 하소서.

오, 주님이시여!
연약한 저희를 붙잡아 주소서.

저희로 하여금
세상을 밝고 건강하게 만드는
빛과 소금으로 살아가게 하소서.
– 내게 능력 주시는 자 안에서 –

세상 살아가다 보면,
어디 쉬운 일만 있나.
괴롭고 어렵고 힘든 일도 많이 있지.

그렇다고 해서 힘들어 하지 마라.
그렇다고 해서 비켜가려고도 하지 마라,

세상 살아가다 보면,
어디 뜻대로 되는 일만 있나.

네 온 힘을 다 기울여 했다고 해도
결과는 네 뜻대로 안 되는 일도 많이 있지.

그렇다고 해서 좌절하지 마라.
그렇다고 해서 포기하려고도 하지 마라.

성경에 나오는 다윗과 골리앗의 싸움을 보라.
소년 다윗은 거인 골리앗을 맞서 싸워 이겼노라.

남들이 다 하고 있는 일인데
너희라고 해서 할 수 없다고 할 수 있겠는가.
남들이 할 수 있는 일이라면
너희도 다 할 수 있다.

너희 뒤에는 천지만물을 창조하신
전지전능하신 하나님이 있는데,
세상에 못 할 일이 뭐가 있겠나.
네게 능력 주시는 자 안에서 못할 일이 없느니라.

〈빌립보서 4장 13절: 내게 능력 주시는 자 안에서 내가 모든 것을 할 수 있느니라.〉

그대 가는 길,
하나님이 인도하고 있어요

그대 가는 길,
앞이 캄캄하고 막막한 길이라고 할지라도
두려워하지 말아요.

그대 가는 길,
앞을 가로막는 장애물이 있을지라도
걱정하지 말아요.

그대 가는 길에
어떤 병마(病魔)를 만날지라도
포기하지 말아요.

그대 세상 살아가면서
외롭고 힘든 일이 많고 많아도
힘들어 하지 말아요.

그대 곁에 전능하신 하나님이 함께하고 있는데,
그대 앞에 빛이 되신 하나님이 길을 인도하고 있는데

걱정하지 말아요.
두려워하지 말아요.

혼자 하려고 하지 말아요.
혼자 힘들어 하지 말아요.

하나님이 그대 가는 길을 인도하고 있어요.

〈출애굽기 13장 22절: 낮에는 구름기둥, 밤에는 불기둥이 백성 앞에서 떠나지 아니하니라.〉

무거운 짐들일랑 내려놓아요

괴로워하지 말아요.
힘들어하지 말아요.

세상사 쉬운 것만 어디 있나요.
세상사 어렵지 않은 게 어디 있나요.

괴로워한다고 풀리지 않아요.
힘들어한다고 가벼워지지 않아요.

왜 그리도 무거운 짐을 걸머지고
혼자서 끙끙대고 있나요.
왜 그리도 어려운 일을 붙들고서
혼자 풀려고 힘들어 하나요.

그대 곁에 하나님이 있잖아요.

– 수고하고 무거운 짐 진 자들아. 다 내게로 오라.
내가 너희를 쉬게 하리라.(마태복음 11:28) –

그대 등에 걸머진 무거운 짐들을 내려놓으세요.

그대 손에 힘겹게 붙들고 있는 동아줄일랑 놓아 버려요.
그대 마음속에 가득 채워진 것들은 비우세요.
그게 다 욕심이라고 하는 것들이지요.

왜들 그걸 죽자 살자 붙들고,
왜들 그걸 무겁게도 짊어지고
힘들어하고 있나요.
괴로워하고 있나요.

그런 걸 다 버리면
그런 걸 다 비워 버리면
이리도 쉽고 가벼워지는 것을.

무거운 짐들일랑 다 내려놓아 버려요.
살면 사는 데까지 살아가리라.
사는 날까지 가볍게 살아가리라.

그대와 하나님이 동행하고 있어요

세상 살아가면서
외롭지 않은 사람이 어디 있을까.
힘들지 않은 사람이 어디 있을까.

우리 가는 길이 어디 평탄하기만 하랴.
때로는 광활한 사막을 가기도 하고,
때로는 캄캄한 밤길을 가기도 하고
때로는 망망한 대해를
갈 때도 있지요.

인생이란 여행길을 가는
외롭고 고달픈 나그네들이여!

그대 지금 가는 길이
캄캄한 밤길을 간다고 해도 별빛은 있고
망망한 바다 위라고 해도 등대불이 있고
광활한 사막 한가운데 있다고 해도 오아시스도 있어요.

그대 혼자라고 외로워하지 말아요.
가는 길이 힘들다고 포기하려고도 하지 말아요.

그대는 혼자가 아니어요.
그대 가는 길을 인도하는 전능하신 분,
하나님이 함께하고 있어요.

세월이 가면, 가는 세월 속에

지나간 것들도 모두가 다 잊혀간다고들 말하지만

잊을 수 없는 추억이여,

그리움이여.

제6장

그리운 고향

지구라는 별에 와서 살면서

검푸른 밤하늘에
은가루처럼 뿌려진 별들을 보면서.

상상의 나래를 펼쳐 본다.
무한한 하늘 멀리로 날려 보낸다.

저 하늘 높이 높이
수많은 별들이 반짝 반짝 빛나고 있고
별똥별들이 끊임없이 하늘을 가르고 있네.

둥글게도 둘러 쳐진 하늘 천정에
저 은빛 찬란한 별들을
그 누가 저리도 곱게 만들어 매달아 놓았는가.

내 어릴 때,
고향 마을 뒷동산에 누워서
별빛이 빛나는 밤하늘을 볼 때마다
나는 밤하늘의 신비 속에 빠져 들곤 했었지.

그 별들이 사는 곳을 가고도 싶어 했었고

그 별들 하나하나를 보고도 싶어 했었네.

그 밤하늘 천정에 주렁주렁 열린
별 하나를 따오고도 싶어 했었지.

긴긴 여름밤을 새워가면서
그 많은 별들 하나하나를 헤아리다가
그만 지쳐버리곤 했었네.

지금에 와서 알고 보니,
우리도 그 넓은 우주 속,
지구라는 별 속에 살고 있었네.

밤하늘에 반짝 반짝 빛나고 있는
저 별까지의 거리가
어림잡아 가까워도 4광년 이상이라고 하니
내가 그토록 가고 싶었던 그 별까지 가려면
빛을 타고 간다고 해도 4년여라는 세월이 걸린다고 하네.

아– 그러고 보니

저 반짝반짝 빛나는 별빛이,
4년여 전에 발했던 빛을
지금 내가 보고 있네 그려.

이 지구의 인간들이여!
드넓은 우주를 보자.

우리 티끌만도 못한 이 지구라는 별에 살면서,
백년을 산다고 해도 찰나 같은 인생이련만
왜 그리도 아웅다웅하는가?

우리는 이 지구라는 별에 여행을 같이 온 사람들
서로들 티격태격하지 말고 사이좋게 살면서
구경들이나 잘들 하고 가세나.

가보고 싶은 내 고향

내가 태어나고
내 부모 형제와 고락을 함께 하며 살아왔던
어린 시절의 내 고향,

그 많은 세월이 흘러가고
백발이 뒤덮인 지금 이 나이에도
고향은 한시도 잊어버릴 수가 없더라.
세월이 가도 가도 잊혀지지 않는 게 고향이더라.
문득문득 가보고 싶어지는 게 고향이더라.

한 해, 두 해 나이는 쌓여져 가고
몸은 점차 늙어 가고 있건만,
세월이 가면 갈수록
더욱 더 보고 싶어지는 게 고향이더라.

지금도 고향이 그리워지고
생각날 때마다
나는 지도를 펼쳐서
내가 살던 고향땅을 찾아보곤 하네.

그 지도 속에서 보이는 고향산천(故鄕山川),
내가 옛날 살던 그런 산천이 아니요.
옹기종기 모여 살던 그런 마을도 아니더라.

지금은 바둑판과 같이 그려진 논과 밭들
그 들판을 가로질러서
고속철길이 지나가고
고속도로가 뚫려 있더라.

아—,어릴 적에 내가 살던
그림 같은 산과 들은 다 어디로 갔는지
변해도 너무도 많이 변해버렸네.

눈을 감고 고향을 생각하면,
지금도 내 눈에는
그림과 같이 고운 산과 들이
그때 그 시절 그대로 파노라마처럼
선하게 그려져 온다.

나는 잠시 나도 모르게

아련한 추억 속에 빠져버리고
그때 그 시절의 소년이 되고 만다.

내가 살던 고향 마을 앞에는
벌판을 가로질러서
시냇물이 구불구불 흘러가고 있었지.

무더운 여름날에는
거기서 동무들과 멱 감으면서 더위를 식혔었고,
추운 겨울날에는 썰매를 타고
추위도 잊은 채 즐거워 뛰놀았었네.

마을 안쪽, 소나무 숲이 우거져 있는
푸른 잔등(잔디, 稜線)이 있었고,
거기가 바로 동무들과 함께 어울려
사시사철 뒹굴며 뛰놀던 우리들의 놀이터였었지.

아-! 가보고 싶은 내 고향이여.
지금은 그 누가 살고 있을까.
어릴 때 같이 뛰놀았던 그 동무들은

지금은 다 어디에 있을까.

마을 동쪽 벌판 건너 하늘 멀리
병풍처럼 둘리어 처져 있는 동산(東山)이 있었고.

그 산 위로 아침 해가 떠오르면
마을 푸른 잔등 위에 올라가서
떠오르는 붉은 태양을 바라보면서
부푼 꿈을 키웠었지.

마을 서쪽 멀리 우뚝 솟아있는
산, 하나 금성산(錦城山),
그때는 그리도 높아 보였던 그 산이
지금에 와서 다시 보니
400여 미터밖에 안 되는 낮은 산이었네.

금성산에 해가 질 때면
지는 해를 바라보면서,
그 산 너머에는 어떤 마을들이 있고
어떤 사람들이 살고 있을까,

호기심도 많았던 소년은
넘어가는 해를 따라서 마냥 가고도 싶었지.

그 산 너머를 달려가고 싶어 했던
그때 그 어린 소년은,
그 산을 넘어서
더 멀리 멀리 바다를 건너서
드넓은 세계를 보았었지만,

아—, 어린 시절 내가 살던 고향산천은
백발이 된 지금에 와서도
잊을 수가 없네.
꿈에도 잊지 못할 내 고향이여,
내가 뛰놀던 고향산천이여!
다시 한 번 가보고도 싶어라.
그리운 고향이여.

- 2019.12.21.

(註) 錦城山: 전라남도 나주시 경현동 및 대호동에 걸쳐 있는 산. 후백제 견훤이 이곳에서 고려 왕건과 맞서 싸웠다는 사적지(史蹟地)이다.

가을엔 고향에 가고 싶다

도심(都心)의 공원에도
단풍잎이 곱게 곱게도 채색되어 가고

아파트 빌딩 사이로 내다보이는 파아란 하늘엔
하얀 새털구름이 송이송이,

간간이 이름 모를 철새들도
하늘 멀리 어디론가 날아가고

이 가을에
내게 찾아 올 사람은 없는 것 같은데,
누군가를 기다리고 싶은 허전함은 무슨 까닭일까.

오랜 세월 동안
도시(都市)의 콘크리트 숲 속에 묻혀 살아오면서
잊혀버린 것들에 대한 잊지 못할 그리움이련가.

백발이 뒤덮인 이 나이에도
아직도 내 가슴속에 지워지지 않는 것들.

꼬불꼬불 골목길을 따라서
잇대어져 들어서 있는 토담집들,

그 초가집 지붕 위로 타고 오른
초록빛 넝쿨사이로 하얀 박들이 주렁주렁,

집집마다 감나무에는
가지가 축 늘어지게
감들이 매달려 빨갛게 익어 가고

뙤약볕이 내리 쬐는 앞마당에는
빨간 고추들이 널브러져 널려 있었네.

아– 거기가 바로 내 고향,
꿈에도 잊지 못할
내 어린 시절,
내가 살던 곳이 아닌가.

황금빛 들판이 마파람에 물결쳐 올 때,
워–, 워–,

참새 떼들을 쫓아 맨발로 뛰면서
흙속에 묻혀서 살았던 그곳,

들판 한가운데를 가르마처럼 가르고 지나서
마을로 이어지는 신작로(新作路)
땡그랑 땡그랑--,
소달구지 방울소리 뒤를 따라가면
초가집 굴뚝 높이 하얀 연기가 피어오르는 마을,
거기가 내가 그리워하는 고향이련만,

이 가을에는
고향(故鄕)에 가고 싶다.

과수원집 동무는 지금 어디에

비단결같이 곱게도 펼쳐진 황금빛 들판을 가르고
굽이굽이 영산강(榮山江)이 흘러가고
거기 우뚝 솟아 있는 산, 하나
금성산(錦城山)

그 산에서 뻗어 내린 줄기 따라 가면서,
그 강물로 흘러들어가는 물길 따라 가면서
그 마디마디에 옹기종기 열린 그림 같은 마을들.

거기 하나의 마을에
내 어린 시절
내가 살았었네.

아랫동네 노루목에서부터
윗동네 안 골짜기까지
길다랗게 푸른 숲으로 둘러싸인 마을이라고 해서
장림(長林)이라고 불렀었는가.

마을 한가운데로 흘러내려 오는 실개천,
그 길을 따라서 올라가다 보면

하얀 길 신작로가 나오고

신작로를 가로질러 건너서
꼬불꼬불 탱자나무 울타리 길을 한참 가다 보면,
막다른 골목길,
외딴집 초가집 한 채,
거기가 바로 과수원집이었네.

그 집에 내 어린 시절
허물없이 뛰놀았던 내 동무가 살고 있었지.

그 집 앞 마당의 꽃밭에는
봄이면 봄마다
이름 모를 꽃들로 가득 피어 있었고

그 집 뒤뜰의 감나무에는
가을이면 가을마다
빨간 홍시가 주렁주렁 매달려 있었네.

봄이 오면 꽃이 피고 지고

여름에는 푸르른 나무들로 숲이 우거지고
가을에는 단풍잎들로 곱게 채색되고
그렇게 세월은 강물처럼 흘러가고

우리들 사이에도
봄이 가고 여름이 가고
또 가을이 오건만
어린 시절 그 과수원집 동무는
지금은 어디에서 살고 있을까,

아- 보고 싶구나.
그리운 옛 동무여

가보고 싶은 추억의 목포 항구

한반도에서도 맨 남쪽 끝에
항구도시 목포항,

아-! 거기가 바로
꿈도 많았고 눈물도 많았던
내 어린 소년 시절,
내 그리운 제2의 고향,

내가 살아 온 생애에서 보면,
얼마 되지도 않은 짧은 고교 학창시절,
그런데도 내게는 잊혀지지가 않아.
잊을 수가 없어.

뒤돌아 보니,
어언간 육십여 년이란 세월이
훌쩍 흘러가버리고
그날의 앳된 소년은 지금 어디에도 없고
주름진 얼굴에 백발이 된 노인네가
그 옛날의 추억에 잠겨 있네 .

눈을 감으면,
지금도 그 파아란 바다가 눈에 선하고
내 귓전에 은은히 들려오는 뱃고동 소리.

아-! 꿈에도 잊지 못할
그리운 항구,
목포항이여.

세월 속에 묻혀버린 추억을 찾아서
지워지지 않는 그리움을 찾아서
한 번만이라도 가보고 싶네.
가보고 싶구나.

기암절벽(奇巖絕壁)으로 둘러싸여 솟아있는
아름다운 유달산(儒達山)이
도시를 한 품 속에 안고

그 산 능선을 따라서
바닷가 언덕바지에 자리 잡은
우리의 모교,

우리는 거기서
드넓은 바다로 향한 푸른 꿈을 안고
함께 뛰놀며 학문을 갈고 닦았었네.

뙤약볕이 내리쬐는 무더운 여름날 하교 길에는
학교 앞 바닷물에 덤벙 뛰어들어
더위를 식혀가곤 했었지.

바다 건너 바라다 보이는 섬,
소나무 숲이 우거진 고하도(高下島)
봄이고 가을이고,
우리가 소풍가서 즐겁게 놀았던 곳.

그때 같이 뛰놀았던
그 동무들은 지금은 다 어디에 있을까.
지금은 어떻게 변해져 있을까.
그리운 옛 친구들이여.
보고 싶구나.

목포항에서도 남쪽 멀리 열린 바다,

크고도 작은 섬들이
수없이도 많이 깔리어 있다고 해서
다도해(多島海)라.

그 많은 섬들을 연결하는 연락선들은
하루에도 끊임없이 나가고 들어오고.

그 부둣가 선착장은
오고가는 사람들로 언제나 붐비고 있었지.

그 선착장 바로 앞 바다 건너에
작은 섬들이 나란히 셋,
학(鶴)이 세 마리가 앉아 있는 형상이라고 해서
삼학도라고 불리었다.

전마선(傳馬船)을 빌려 타고
거기까지 노 젓고 가서 놀고 왔던 기억이 새롭다.

아-! 지금은 그곳이 산업화 물결에 밀려서
육지로 변하였다고 하니,

아쉬운 마음도 그지없구나.

내 어린 시절,
목포에서의 처음 생활은
왜 그리도 낯설고 물설고
어디에도 情을 붙이기가 어려웠었던지.

타향살이 외로움에 지쳐 힘들어지면
때로는 오포대 언덕 위에 올라 가
먼 바다를 하염없이 바라보곤 했었네.

그 아래로 바로 내려다보이는 부둣가 선착장
닻을 내리고 출항시간을 기다리는 제주연락선,
그 갑판 위에 높게도 매달린 확성기에선
구슬프게도 울려 퍼지는 노래
“목포의 눈물”
소년의 아픈 마음을 울려 놓곤 했었네.

해는 저물고 어둠이 밀려오는데
바다는 말이 없었고

갈매기들은 그 바다 위를 날고 들고

제주 가는 연락선은 긴 뱃고동을 울리고
석양빛 바다를 가르면서 항구를 떠나가면
나도 떠나가는 그 배를 타고
바다 멀리 정처 없이 떠나고도 싶었네.

그리도 외로웠던 목포항,
날이 가고 해가 가면서
마음이 가고 情이 가고
나도 모르게 정이 들었었던가.
정들면 고향이라고
그리워지는 목포항이여.

세월이 가면, 가는 세월 속에
지나 간 것들도 모두가 다 잊혀간다고들 말하지만
잊을 수 없는 추억이여,
그리움이여.

아-, 그리운 목포항이여.

다시 한 번 가보고 싶어라.

보고 싶은 친구들이여!

(註) 오포대(午砲臺): 한말(韓末)에 포성으로 정오(正午)를 알렸던 곳이다. 1987.1.15. 전라남도 문화재 제138호로 지정돼 있다.

佛光川 벚꽃길

도시 한가운데를 가로질러서
한강으로 흘러내려가는 불광천(佛光川),
그 뚝방길을 따라 줄지어 서 있는 가로수,

겨우내 가뭄 속에서
그토록 목 타게 기다려도 오지 않았던 함박눈이
따사로운 봄기운에 못 이겨서
지금에서야 한꺼번에 쏟아져 버렸나.

엄동설한 긴긴 세월,
모진 비바람 눈보라를 맨몸으로 맞서면서
모질게도 견디어 온 그 분노를
저리도 새하얗게 토해버렸는가.

하얀 꽃으로 뒤덮였네.
새하얀 비단 옷으로 갈아입었네.

하늘도 봐도 하얗고
땅을 봐도 하얗고
어디를 봐도 온통 하얀 세상이네.

눈이 부시네.
휘황찬란한 장관(壯觀)이네.
온 세상이 꽃이네 그려.

도시의 사람들이여
콘크리트 숲속에 갇혀만 있지 말고
움츠린 가슴을 펴고
여기 꽃구경이나 나와요.

젊은 연인들도 팔짱을 끼고,
노인네도 젊은이도 어린애들도
온 가족이 모두 나와 손에 손을 잡고
강아지도 좋아라고 꼬리치며
뒤를 따르고,

황홀한 꿈속을 가듯이
꽃길을 걸어가고 있네.
꽃향기에 취해서 걸어가고 있네.

울지 못하는 그 아픔 속에서도

혼자서 소리 죽여 울어야 하는 것은

잊어버리고 싶은 괴로움 때문일까.

잊으려야 잊혀지지 않는 그리움 때문일까.

제7장

이별 그리고 그리움

상실(喪失)의 언덕에서

너는 세상에서
하늘보다도
땅보다도
내게 가장 귀한 것으로 왔었다.

너와 함께했던 세월,
기뻤었고
즐거웠었고
행복했었네.

내가 외로웠을 때
내가 힘들었을 때
내가 우울했을 때

나와 함께하여 주었고
나의 힘이 되어 주었고
내게 즐거움이 되어 주었던 너.

그 무슨 운명의 장난이었나.
그 누구의 시샘이었나.

너는 바람처럼 소리도 없이 사라져 가버렸다.

네가 가버린
텅 빈 가슴의 언덕 위에는
앙상한 나목 한 그루만이 댕그라니 서 있네.

하늘엔 구름이 어디론가 둥둥 떠가고
강물도 유유히 어디론가 흘러가고

바람은 어디선가 소리 없이 불어와서
나무 가지들 사이로 스쳐 가는데.

아-! 잃어버린 것들이여.
가버린 세월이여.

한번 가버린 것들은
다시 되돌아오지 않는가.

너를 떠나보내면서

내게 처음 왔을 때
너는 내게 큰 선물이었고
하늘 가득한 큰 기쁨이었고
내게 둘도 없는 소중한 보배였었지.

내가 살아가는 의미가 되었고
그냥 두고 보기에도 아까운
너는 내 생명과도 같은 귀한 존재였으니까.

그런데 그 누구의 시샘이었을까.

너를 그토록 사랑했지만,
너를 그토록 내 곁에 두고 싶었지만
나와 함께할 수 없었기 때문에,
그런 너를 떠나 보내야 했다.

가면서 뒤돌아 보지 마라.
눈물을 보이지 마라.
그 젖은 얼굴을 내게 보이지 마라.

네 마음이야 오죽하리야.
너를 뿌리치는 이 아픈 마음을
하늘이나 알고 있을까.
땅이나 알고 있을까.

사랑하면서도 사랑할 수 없는
곁에 두고 싶어도 함께 할 수 없는
그 아픔을,
그 고통을 견뎌야 하는 것.

그 누구에게도 책임이 없다.
그 누구에게도 죄가 없다.

그게 주어진 운명이라고 하면,
비켜가지 못하고 그 길로 가야 하겠지.
아픔도 고통도 그대로 안고 가야 하겠지,

세월이 가면,
너도 가고
또 나도 가고

또한 그토록 아팠던 사랑도 그리움도
모든 게 다 잊혀버릴 날도 오겠지.

울고 싶을 때 울지 못하는 것

세상에서
가장 어렵고 힘든 일은
울고 싶을 때,
울지 못하는 것.

그것보다 더 힘들고
더 괴로운 일은 없더라.

울어 봐도 소리쳐 봐도
한번 가버린 사람은
다시 볼 수 없더라.
다시 만날 수 없더라.

그래도 자꾸만 자꾸만 울고 싶은 마음,

그걸 참고 울지 못하는 것은,
너무나도 큰 고통이어라.
너무나도 큰 아픔이어라.

세월이 가면,

망각이라고 하는 약도 있다고들 말하지만
세월이 가도 가도 지워지지 않는 것은
그리움이더라.

울지 못하는 그 아픔 속에서도
혼자서 소리 죽여 울어야 하는 것은
잊어버리고 싶은 괴로움 때문일까.
잊으려야 잊혀지지 않는 그리움 때문일까.

잊지 못할 그대여

우리는 남남으로 만나서
정이 들었었고
한 몸이 되었었고
천년이고 만년이고
같이 살아가는 줄로 알았었는데.

그대는 저 세상
나는 이 세상
이별이 웬 말인가.

이 세상과 저 세상은
백지장 하나 사이더라.

그토록 가까운 거리에 있는데도
한번 넘어 가버리니까
한번 떠나 가버리니까
건널 수도 없는 너무도 먼 거리.

소리쳐 불러 봐도 대답이 없는 그대여,
울어 봐도 다시 볼 수 없는 그대여,

바람이 창문을 스쳐 가도
빗방울이 창문을 두드려도
그대가 오는 소리

그대는 저 하늘 멀리에 있는 게 아니고
가까운 내 가슴에 있어요.
언제나 내 곁에 살고 있어요.

사랑이란 아픔인가

사랑한다고 하면서
아픔이 없다고 하면
어디 사랑이라고 말할 수 있을까.

사랑하기 때문에
가슴 도려내는 아픔도 있고
그 아픔을 참아야 하는 고통도 있더라.

그런 아픔의 고통도
그런 괴롬도 없이 사랑을 한다고 하면
그런 사랑은 거짓말.

사랑한다고 하면
아픔이 있고
그런 아픔도 참아낼 수 있어야만
진정 사랑한다고 말할 수 있지.

우리 너와 나
그렇게 사랑하고 있는 것을
나도 알고

너도 알고 있으련만

우린 그걸 말하지 않고 있을 뿐이야.
말할 수 없을 뿐이야.
사랑하기 때문에.

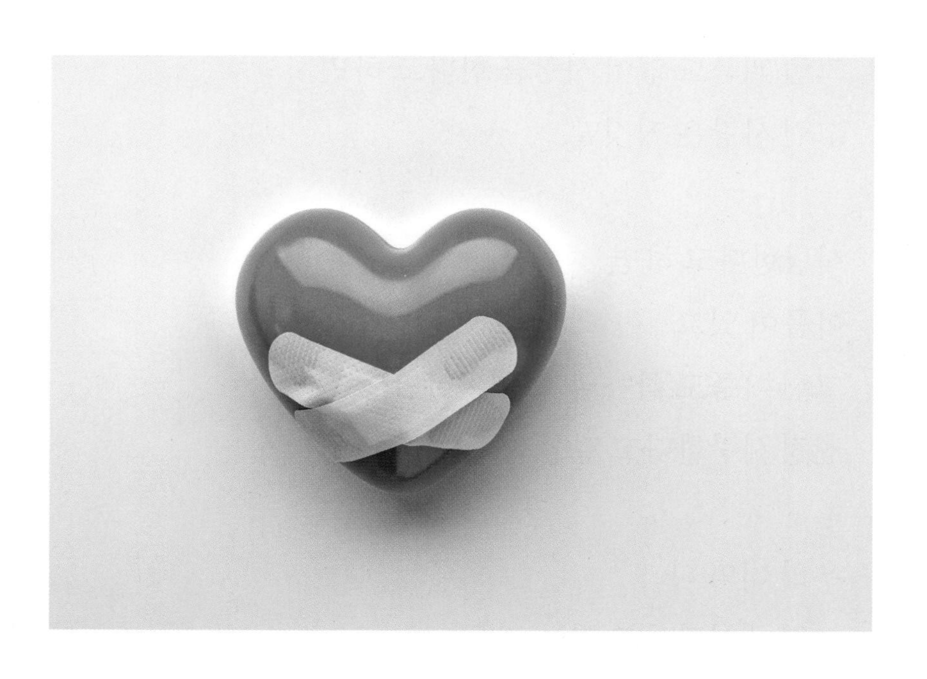

내게 그리움 하나

그 많은 세월이 흘러가버린
지금에 와서도
먼 기억 속에 지워지지 않는
내게 그리움 하나.

그대와 나와의 사이
가로놓인 강이 하나,
건너지 못할 강이 있었던가.

그 강을 사이에 두고
우린 서로 강변에 서서
그런대로 흘러가는 강물만 바라보고 있었지.
가슴만 태우고 있었지.

무심한 그 강물은
끊임없이 흘러가고
헤아릴 수도 없는 많은 날들이 가버린 지금

여기 희미한 기억속의 강 언덕에
그리움을 못 잊어하는

낯선 소년 하나,

그때 그 가슴 뛰던 소년은
지금 그 어디에 있는가.

한번 흘러간 강물은 다시 돌아 올 수도 없는데
아직도 그의 가슴속엔
수줍은 소년이 살고 있는가.

지워지지 않는 그리움의 기억을 찾아서
헤매이고 있는가.

아득하게 멀어져 가버린
실오라기 같은 하나의 추억이여.
아-, 그리움이여.

너는 떠나갔지만

사랑하는 너는
내 곁을 떠나
아주 멀리멀리 가 버렸지만,

네가 남기고 간
그 꽃나무 하나.
예쁘게도 피어난 꽃이 있기에,

여기 내게 꽃 한 송이,
지금 나는 그 꽃을 본다.
너를 본다.

봄이 가고
여름도 가고
그 많은 세월이 강물처럼
소리 없이 흘러갔어도

나는 너를 잊을 수가 없네.
내 곁에 있네.

나는 아침이고 저녁이고
물을 주면서
그 꽃나무를 키운다.
너를 키운다.

곱게 곱게도 키워서
예쁜 꽃을 피워서
너를 보고 또 보련다.

그리움은 저 멀리에

너는 네게서
아득하고도 먼 저 멀리,
강 건너로 갔지만,
너에 대한 그리움은
아주 가까운 내 가슴 속에 남아 있네.

밤이 가면 낮이 오고
낮이 가면 밤이 오고
세상 모든 것들은
세월이라는 강물 따라 흘러가고
가버린 것은 되돌아오지 않는데

날이 가고 달이 가도
떠나가지 않는 그리움이여.

눈을 감으면
그리움에 사무쳐서,
지금도 가슴이 뜨거워진다.
가슴이 뛴다.

가슴을 부둥켜안고 뒹굴어 봐도
잡으려고 해도 잡을 수 없는
소리쳐 봐도 메아리도 없는,
그리움이여.

그리움이란
내 가슴속 가까운 곳에 있는 게 아니고
아득한 구만리 저 하늘에 있는가.

기다려도 오지 않는 사람

한 번 가버린 사람은
다시 되돌아오지 않는가.

그리움에 지치도록
아무리 기다려 봐도
오지 않는 사람이여.

목 타게 그리워하고
눈이 빠지게 기다려서
가버린 사람이 되돌아 올 수만 있다면,
한 번만이라도 다시 볼 수만 있다면,

이 밤이 다 새도록
내 한 평생이 다 가더라도

기다리고 기다리다가
그대로 돌이 되어
그 자리에 망부석으로 남아서
한 없이 기다리고 싶어라.

기다림이란 끝이 없어요

마지막이라는 말은
하지 말아요.
마지막이라는 말처럼
슬픈 말은 없어요.

이별이라는 말도
하지 말아요.
이별이라는 말처럼
아픈 말도 없어요.

마지막이란 말은 이별이 아니에요.
이별이란 말은 마지막이 아니에요.

달이 가고
해가 가고
한 해가 또 간다고 해도
또다시 해는 떠오르는데.

마지막이 아니고서야
또 시작이라는 출발이 어디 있으랴.

이별이 아니고서야
만난이라는 감격이 또 어디 있으랴.

마지막이라는 말도
이별이라는 말도,
그런 아픔과 슬픔이 없다면

시작도 출발도
또 만남의 기쁨도 어디 있으랴.

마지막이란 이별이 아니어요.
또 다른 시작이 있어요.
또 다른 만남이 있어요.

헤아릴 수 없는 많은 세월이 흘러간다고 해도
기다림은 언제까지나 남아 있어요.

망각(忘却)이라는 약(藥)

잊어버려요.
잊어버려요.
지난날의 아픈 기억은 잊어버려요.

우리 지금 이 황혼의 나이에
여기까지 살아오면서
그 어떤 슬픔도 아픔도 없었다고 하면
그것은 모두 거짓말.

그 누구에게나
가슴 속에 묻어두고 사는
그런 아픔도 상처도 다 있지요.

지나가버린 것을 가지고
지금도 못 잊어 괴로워하고 있다고 하면
단 하루도 못 살아요.
오늘을 살아 갈 수가 없어요.

지나간 것을 잊지 못하는 것은
병 중에서도 아주 큰 병(病)이더라.

창조주가 우리에게 망각(忘却)이라는
좋은 약(藥)도 주셨는데.

지나가버린 것은 잊어버려요.
그래야만 보다 나은 내일을 기대하면서
힘든 오늘을 살아갈 수 있어요.

이제 와서 보니,

그리움이란 별거 아니더라.

일상 내 곁에 있던 것도

내게서 떠나고 나니 그게 그리워지더라.

제8장

2020년도, 코로나 그리고 장마

코로나19 공포

눈이 내리면
하얗게 눈이 쌓이면,
세월 속에 묻혀버린 추억이 그리워
그 하얀 눈길을 혼자라도 걷고 싶었는데.

겨울은 간다 온다는 말도 없이
어디론가 가버리고
봄이라고 하네.

겨우내 갇혀 지내 온
문을 열어젖히고
어디론가 여행이라도 떠나고 싶은 봄 날,

움츠렸던 기지개를 한껏 켜보고
컴퓨터도 열어 보고
책장 속의 지도책도 꺼내보고
여기저기 들여다보지만,

창밖의 세상은
온통 코로나 바이러스의 공포로 가득,

입마개를 아니 하고는
어디 맘 놓고 나갈 데라고는 한 군데도 없네.

어찌하여 세상이 요지경이 되었나,
이런 난리가 또 어디 있을까,

아-, 가슴이 답답하고
숨이 막힌다.

긴 겨울 모질게도 살아 온 나무들은
봄 햇살에 힘이 솟는 듯
줄기마다 새싹이 움트는 소리,
창밖으로 유혹하는데

앞을 가로막는
저승길 사자 같은 검은 그림자
코로나 바이러스,

언제쯤에나 걷히려나.
언제쯤에나 물러가려나.

오늘도 窓가를 서성거리며

또 하루를 보낸다.

– 2020.3.4.

(註) 코로나19: 2019년12월 30일 중국의 우한시의 중앙병원 안과의사, 리원량(李文亮)이 동창회 채팅방에 코로나19(당시는 사스)의 발생 사실을 올리면서 공안당국에 불려가 유언비어 유포 죄로 처벌을 받고 왔다. 그로부터 1개월 뒤, 우한시장이 관영TV에 나와서 공식적으로 인정하게 된다. 리원량 의사는 코로나에 감염되어 사투하다가 1월 27일 세상을 떠나게 된다. 이 '코로나19'라는 감염병은 필사적인 방역에도 불구하고 퇴치하지 못하고 무서운 위력의 전파력을 발휘, 전 세계적으로 확산되게 되었다.

우리네 봄은 언제 오려나

봄은 왔는가.
기다리고 기다리던 봄은 왔는가.

앙상한 펜스 울타리에는
샛노랗게 뒤덮은 개나리 꽃,

山에 산에는
새빨갛게 불타는 진달래꽃,

都市의 公園에도
아스팔트 길 街路邊에도
새하얀 벚꽃들로 휘황찬란하네.

봄은 제 철이라고
이 메마른 도시의 곳곳에
어김없이 찾아 왔는가 보다.

그 봄길 따라서,
그 꽃길 따라서
마냥 떠나고 가고 싶은 마음,

가슴을 설레이게 하는데,

아직도 얼어붙은 겨울인가.
그 불청객 코로나가
어디 한 발자국도 꼼작 달싹도 못 하게 하네.

얼어붙은 마음을 녹여줄
진정 봄은 언제쯤에나 찾아오려나.

– 2020.4.2.

얼었던 산천(山川)에 봄은 오는가

세상이 코로나 공포로 꽁꽁 얼어붙어서
움직일 수가 없는데도
봄은 오는가.

여름날에 무성했던 그 푸른 잎들
가을날에 곱게도 물들었던 그 단풍잎들,

여름이 가고
가을도 가고
나뭇잎은 낙엽이 되어 다 떨어져 나가고
벌거벗은 채 쓸쓸히 서있던 나목(裸木)들.

길고도 긴 겨울날
그 줄거리만이 앙상하게 하늘 높이 솟아
찬바람에 부대끼면서도
모질게도 살아 온 나무들이여.
생명들이여.

찬바람이 아무리 심술을 부려도
눈보라가 아무리 앞을 막을지라도

그 추운 겨울은 가고
따뜻한 봄은 오는가.

따사로운 봄 기운(氣運)에
나무들 줄기, 줄기마다
새순이 움트고
새 생명이 솟아나오고 있네.

찬 겨울을 지나가고 나면,
따듯한 봄이 찾아오듯이
오고 가는 계절을
그 누가 막을 수 있으랴.

우리네 마음은 아직도 겨울이건만
얼었던 산천(山川)에는 봄이 오는가 보다.

그리움이 별거더냐
(그놈의 코로나 감염병 때문에)

그리움이 별거인 줄만 알았는데
별거 아니라는 것을 이제야 알았네.

시내버스 타고
지하철도 타고
맘대로 나다니는 것이
일상적인 것으로 알았는데,
나가고 싶어도 나갈 수가 없게 되니
그게 그립더라.

친목모임에도 나가고
동창회도 나가고
노상 만나 보던 친구들,
만나고 싶어도 만나 볼 수 없게 되니
그게 그립더라.

관광열차 타고 꽃구경도 가고,
비행기 타고 해외여행도 가고 싶지만
가고 싶어도 갈 수 없게 되니
그게 그립더라.

이제 와서 보니,
그리움이란 별거 아니더라.
일상 내 곁에 있던 것도
내게서 떠나고 나니 그게 그리워지더라.

– 2020.4.10.

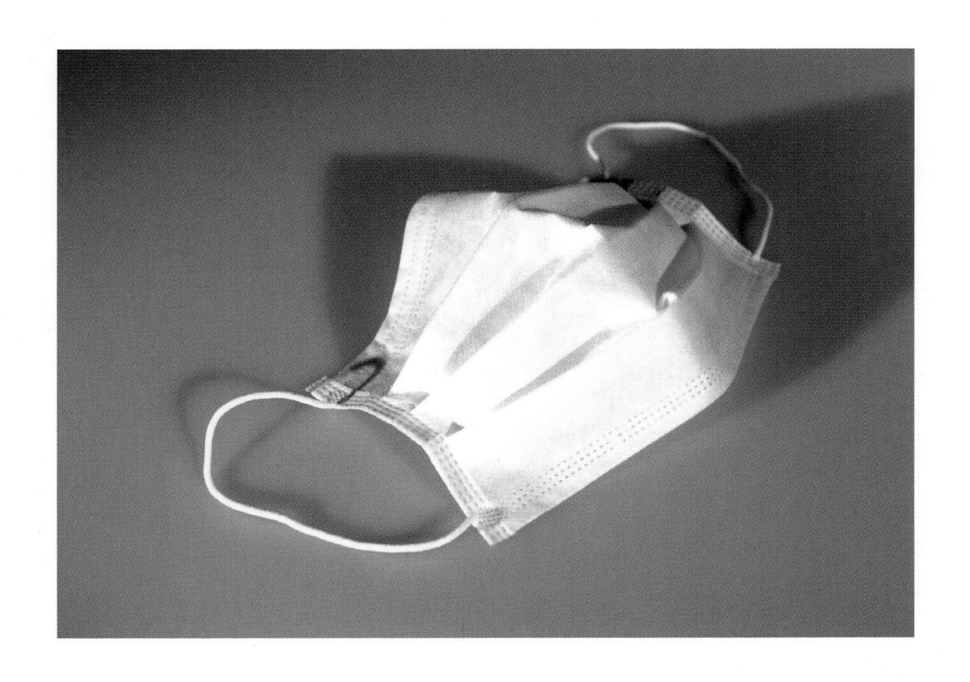

이 가을에 낙엽처럼

그놈의 코로나에 갇혀서
사람 살아가는 게
한 발자국도 못 나가고
정체되어 있었건만

그놈의 세월만은
멈추지도 않고 가고 있었는가.

벚꽃 찬란한 봄날도
길고 긴 장마의 여름날도
그 새에 가버리고

그토록 짙푸르던 나뭇잎들도
울긋불긋 채색되어 가는 가을,
아–, 가을은 어김없이 왔는가 보다.

저 고운 단풍잎들도
이 가을이 가고
찬바람이 불어오면
낙엽이 되어서 떨어져버릴 날도

멀지 않으련만,

우리네 인생
꽃이 피고 잎이 무성했던
봄여름도 가버리고
이제 황혼 빛에 젖은 가을이련만.

멀지 않은 겨울
찬바람이 불어오면
낙엽은 땅에 떨어지고
땅속에 묻혀서 썩어져 흙이 되고

세월이라는 망각 속으로
멀리 멀리 사라져 가려니.

아–, 단풍잎도 고운 가을인데
낙엽이 지는 겨울이 온다는 것은
서글픔이어라.

사는 재미가 없다고들 한다

※註: 요즘 코로나 감염병 때문에 사는 게 재미가 없다고들 말한다.

사람 살아가는 것

그렇게 재미가 있는 것도 아니더라.
그렇게 재미가 없는 것도 아니더라.

지겹다고 생각하면
한없이 지겨운 것이고

살만하다고 생각하면
그런대로 재미도 있는 것

재미가 있고 없고는
사람마다 생각하기에 달려 있더라.
사람마다 마음먹기에 달려 있더라.

지겨울 때도 있겠지만
재미나는 때도 있더라.

사람 살아가는 재미라는 게
별거인 줄 알았는데
이제 와서 보니까
특별한 게 아니더라.

우리들 보통사람이 모여서 살아가는 사회
서로들 만나서 먹고 마시고 대화를 나누고
서로들 너털웃음을 웃으면서
서로들 어울려 함께 살아가는 거지
나 혼자만이 외톨이로는 살아갈 수 없는 것.

사람, 살아가는 것이
별거인가.

그속에 재미가 있고
행복이란 것도 거기에 있더라.

코로나는 누구의 편도 아니다

우리네 몸도 마음도
꼼작 달싹도 못하게 창살 속에 가둬놓은
그놈의 코로나.

이제나 물러가려나.
저제나 풀리려나.

하루고 이틀이고
그날만을 고대하면서
힘든 나날을 참고 참아서
여기까지 왔는데도,

그놈의 지독한 코로나
물러갈 생각은 안 하고 있네.

가도 가도 끝은 안 보이고.
날이 가면 갈수록
기승을 더 부리고 있으니
어찌하랴.

아무리 애를 써 봐도
더욱 더 번져가기만 하는 그놈의 코로나,

네 탓이다.
내 탓이다.

책임만 탓해서 무엇 하리.
여기에 무슨 여당이 있고.
여기에 무슨 야당이 있겠는가.
정쟁(政爭)이 웬 말이냐.
그래 봐야 코로나가 누구의 편을 들어주겠나.

머지않아서 치료제도 나올 것이고
백신도 나오려니.
그날이 오기까지
입마개 잘들 하고
방역수칙도 잘 지켜나가면서
서로 힘을 합해서 이겨나가야 하지.

지금은 너도 나도

여당도 야당도

코로나 퇴치에 힘을 모아야 할 때.

장마가 남기고 간 상흔

하늘에 계신 하나님이 노(怒)하셨나.
하늘지붕이 구멍 났는가 보다.

온 종일 쏟아지는 장대비가
하루고 이틀이고
그칠 줄을 모르고 내리더니

한가롭게만 흘러가던
그 낭만의 강물은 어디로 갔는가.
흙탕물이 되어 노도와 같이 넘쳐흐르고

그 푸른 산들은 어디로 갔는가.
여기저기 할퀴어져 상처들을 들어내고 있네.

그림 같이 곱던 마을들은
또 어디로 가버렸는가.
집들이 잠겨져버린 물위에는
스티로폼 쓰레기들만이 둥둥 떠돌고 있고

평화롭게 풀을 뜯던 소 떼들도

물속에 내민 지붕 위로 올라가
우두커니 하늘만 쳐다보고 서 있네.

무한한 대자연의 위력 앞에서
한없이 무력하고 나약한 인간들
한숨을 쉬어 본들 무슨 소용 있으랴.

하늘 높은 줄도 모르고
하늘 아래서 날뛰고 교만한 인간들이여.
대자연 앞에 머리를 숙이자.
겸손해지자.

– 2020.8.12.

(註) 2020년도의 장마는 중부지방의 경우, 6월 24일에 시작하여 8월 16일 종료되기까지 무려 54일간의 최장 기록을 남겼다.(평균 32일) 강수량도 366.4mm로 평균치보다 2배가량 많았다.

태풍이 지나가고

태풍 '바비'와 '마이삭'이라는 두 놈이
우리 한반도를 할퀴고 갔었지.

우리 함께 살아가고 있는
지구의 한 귀퉁이 한반도에서도.
남쪽으로 바다 멀리 멀리
지구의 한가운데를 지나는 선(線),
적도(赤道)의 부근.

바람도 파도도 잔잔하기만 한
북서태평양의 한 쪽에 있는 그 바다가,
항상 숨죽이고 잠들어 있는 것만 같았던
그 고요한 바다가 뜨거워져서
무서운 태풍이 생성되었고

그놈이 여기까지
무서운 바람으로 몰아쳐 왔다.
많은 바닷물을 몰고 왔다.

우리 살아가고 있는 삶의 터전들을

한 순간에 물로 덮쳐 버리고
바람으로 날려버렸네.

집도 물에 잠기고,
비닐하우스 날아가고
도로도 끊기고 산도 무너지고
전철도 가다가 멈추고
모두 다 폐허로 만들어 버렸네.

농부들이 긴긴 봄날에 씨앗을 뿌려
여름 내내 땀 흘려서 키워 놓은
황금빛 곡식들은 다 어디로 갔는가.

한 순간에 삼키어버렸네.
한 순간에 사라져버렸네.

그 잔잔한 바다를 우습게만 보았었나.
그 무서운 힘이 약한 것에 숨어 있었네.

그 고요한 바다를 우습게 여기었었나.

그 무서운 성냄이 양순한 것에 숨겨져 있었네.

– 2020.09.03.

(註) 태풍은 적도의 주변(남, 북위 5~25°) 바닷물의 온도가 상승하여 (27℃ 이상) 발생한 폭풍우를 동반한 열대성 저기압, 북서태평양 지역에서 발생하여 필리핀, 대만, 일본, 한국 등지로 불어오는 것을 태풍이라고 한다.

그 누가 이 나라 이 땅을 넘겨다보랴.

그대들은 죽지 않았고

영원히 죽지 않은 수호신(守護神)이 되어

여기 꽃으로 피어 있는데

제9장

내 조국 대한민국

그대들은 꽃으로 피어 있네

현충원(顯忠院) 문 앞에 들어서니,
모두들 일제히 일어서서
환호성을 외치는
젊은 그대들이여
전우들이여.

자유와 민주, 평화를 지키려고
이 나라 대한민국을 지키려고

그 피비린내 나는 6·25 전선에서
이역만리 월남 전선에서
용감무쌍 전장(戰場)을 누비다가,
그 자욱한 포연 속에서
피 흘려 사라져 간 꽃봉오리들이여.

사랑하는 처자식이
그리운 내 부모형제가
함께 뛰놀았던 옛 친구들이
지금도 그대들을 못 잊어 기다리고 있건만

비바람이 불고
눈보라가 치고
그 많은 세월이 가고 또 가도
그대들은 여기 외로운 비석으로 남아 있는가.

참으로 배고픔 속에서도
허기진 배를 움켜쥐고 뛰고 또 뛰어야만 했던
그때, 그 어려운 시절,
그대들의 흘린 피가 헛되지 않아

이제 우리 조국 대한민국은
세계 속의 10대 강국이 되었네.

그 누가 이 나라 이 땅을 넘겨다보랴.
그대들은 죽지 않았고
영원히 죽지 않은 수호신(守護神)이 되어
여기 꽃으로 피어 있는데

아- 우리 조국, 대한민국이여
그대들과 함께 영원무궁하리라.

- 2018. 06. 05. 顯忠院 參拜

여기 역전(歷戰)의 용사, 진정한 영웅(英雄)들이 있네
– 무공수훈자 회원들에게 부쳐

그 누구를 이 땅에서 영웅이라고 하는가.
그 누구를 이 나라에서 국가유공자라고 하는가.

여기 역전의 용사들이 모여 있네.
이 나라의 영웅들이 있네.
진정한 국가유공자들이 있네.

그 처절했던 6·25 전쟁,
꿈도 많았던 약관의 나이에
나라의 부름을 받고 전선으로 달려 갔었네.

총탄이 빗발치고
포연이 자욱한 전쟁터에서
한 목숨 내 걸고
용감무쌍 피 흘려 싸웠네.

이역만리 베트남전선에서
그 이름도 찬란한 백마부대 용사로,
그 이름도 용맹스런 맹호부대 용사로,

귀신도 잡는다는 청룡부대 용사로
열대의 정글속을 누비며,
비지땀을 흘리면서 용맹을 떨쳤네.

그대들은 참으로 용감했었네
그 누구라도 흠모(欽慕)할 공을 세웠네.
그 이름도 빛나는 훈장(勳章)을 달았네.

피 흘려 지켜 온 이 나라 이 땅
우리는 반만년 역사 속에서
끊임없는 외세의 침략에 시달리고
헐벗고 배고프게 살아오면서
슬픔도 눈물도 많았던 이 나라, 이 민족.

그대들이 흘린 피와 땀이 헛되지 않았네.
그대들이 세운 공(功)이 헛되지 않았네.

일찍이 [동방의 밝은 등불이 되리라]고
예언했던 코리아(KOREA),
지금은 세계가 부러워하는

부강(富强) 한국을 이루었네.

꽃다운 청춘을 나라 위해 다 바쳐
피와 땀을 흘렸던 그대들,
세월 무상함을 탓해서 무엇 하리.
모두가 주름진 얼굴에 백발로 뒤덮여 있네.

늙었다고 서러워하지 말아요.
소홀히 대우한다고 노여워하지 말아요.

누가 뭐래도
그대들이 진정한 영웅들이에요.
그대들이 진정한 국가유공자입니다.

서오릉(西伍陵)

옛 한양도성(漢陽都城)에서
서(西)쪽으로 삼십여 리 길에
능(陵)이 다섯 개.

수백 년을 살아 온 소나무들이
하늘 높이 줄기차게 뻗어나가고
그 숲속의 깊은 곳곳에
옛 조선(朝鮮)의 임금님들이 고요히 잠들어 있네.

조선 제19대 숙종대왕과
그의 여인네들도 여기 다 있다네.

꽃다운 20세 나이에 요절한
비운(悲運)의 왕비 인경왕후,
그 뒤를 이어 온 계비(繼妃)들도,

이조(李朝) 오백년 역사 속에서
간악한 여인으로 전해져 내려오는
숙종의 후궁, 장희빈,
모두 다 여기 잠들어 있네.

중전이라는 자리 하나를 가운데 두고
시기하고 질투하고
죽느냐 사느냐 물고 물리는
피비린내 나는 암투를 벌여 왔던
그때 궁중의 여인들이 아닌가.

권력의 원천(原泉), 왕을 가운데 두고
사색당파(四色黨派)로 편을 갈라서
죽이고 죽는 치열한 권력투쟁을 벌였던
그때 그 권신(權臣)들은 다 어디로 가고.

그 권좌(權座) 위에 외롭게 앉아서
시달림을 받아야 했던 임금님만 홀로
지금 저기 저 흙무더기 속에서
한줌의 흙으로 남아 잠들어 있는가.

아, 무상하도다.
아, 헛되도다.

그날의 권세가들은 다 어디로 갔는가.

그들이 누렸던 부귀영화는 또 어디에 갔는가.

산과 들은 예나 지금이나
변함없이 자연 그대로 남아있으려니와,

이조 오백년이라는 세월은 덧없이 가버리고
권세도 부귀영화도 어디에도 찾아볼 수 없고
한 무더기의 흙으로 쓸쓸히 남아있네 그려.

註: 능(陵)은 왕(추존 왕 포함)과 왕비의 무덤을, 원(園)은 왕의 부(父)와 왕자를 낳은 후궁의 무덤을, 일반서민의 무덤은 묘라고 칭함

기억하라, 장진호(長津湖) 전투

기억하라!
장진호(長津湖) 전투(1950.11.27~12.11)

전사(戰史)에도 길이 빛나는 흥남철수 작전이
장진호 전투가 있었기 때문이란 걸
그대 알고 있는가?

세월도 참 무심하도다.
이 땅에 총성이 멈추고
전쟁이 아닌 전쟁 상태로,
평화가 아닌 평화의 상태로
그동안 반백년이 훨씬 넘은 세월이 흘러갔는데

지금, 우리는
그 처절했던 6·25의 전쟁을
까맣게 잊고 있지나 않고 있는가.

기억하라, 6·25.
공산 적으로부터 불법 침략을 받아
우리의 아름다운 강토가 피로 물들여져

대부분 적의 수중에 들어갔을 때,

UN이 우리를 도와 이 땅에 왔었고
유엔연합군이 인천에 상륙,
수도 서울을 수복하고
38선을 넘어
평양을 점령하고
西에서는 신의주로부터
東에서는 압록강까지 진격하여
꿈에도 그리던 국토통일을
바로 앞에 두고 있었는데,

아-! 千秋에 한(恨)이로다.
구름 같이 밀려드는 중공군의 진격 앞에서
힘겨운 철수를 해야만 했던 것.

때는 영하 20~30도를 오르내리는
엄동설한(嚴冬雪寒),
해발 2~3,000m의 장진군 일대의 고원지대,
깊은 산골짜기 길을 따라 철수하는 미 1해병사단,

장진호 부근에서 적의 포위 속에 갇혀
무려 열 배가 넘는 적 12만여 명과 맞서 싸웠었네.

숫자적으로 너무나도 열세한 미 해병1사단은
노도(怒濤)와 같이 밀려드는 적과 맞서
포연과 빗발치는 총탄 속에서
목숨 던져 용감히 싸웠었네.
피 흘려 싸우다가 수없이 쓰러져 갔었네.

어디 그것뿐인가.
적의 총탄보다도 더 무서운 강추위에
얼어버린 몸을 이끌고 싸우다가
그대로 언 땅에 나뒹굴어져 쓰러져 갔었네.

그날, 그 현장에 없었던 우리가 지금,
그날의 참상을 말로 다 전할 수가 있겠는가.
그 누가 글로 다 표현할 수가 있겠는가.

그날, 필사의 사투를 벌여
일사천리(一瀉千里) 밀고 내려오는 그 수많은 적을

거기서 차단하고
거기서 격멸시켰다고 하니
아-, 놀랍도다.
미 해병1사단이여!
장진호 전투의 전사와 함께 영원히 기억되리라.

아-! 장진호 전투 영웅들이여!
그대들의 죽음과 희생이 있었기에
세계사(世界史)에서도 길이 빛나는 흥남철수작전이 가능했었고
20여만 명이라는 고귀한 생명들을 구할 수가 있었네.

적과 맞서 용감히 싸우다가
적의 포화에, 총탄에, 혹한 속에
산화되어 간 미 해병 용사들이여,
전투 영웅들이여!

그대들은 여기가 어디라고
바다 멀리 먼 이국땅에서
낯설고 물설고

언어도 피부색도 다른 이 나라 이 땅에 와서
천하에 하나밖에 없는 고귀한 생명을 바쳐
우리의 자유와 민주, 평화를 지켜주고
산화되어 갔었는가.

아직 피어나지 못한 꽃봉오리로 와서
이 땅에 영원히 묻혀버린 그대, 영웅들이여.

얼어붙은 한반도 이 강산에도
겨울이 가고 통일의 봄이 오면
그대들이 묻혀 있는 이 동토(凍土)에도
새순이 돋아나고 꽃이 피어나면,
그대들은 꽃향기가 되어 멀리 멀리
꿈에도 그리워하는 고국 땅,
사랑하는 부모형제 처자식이 기다리고 있는
고향집에 날아가리라.

기억하리라.
잊으려야 잊을 수 없는 그대, 영령들이여!
우리의 영원한 친구,

우리 생명의 은인들이여.

그대들은 죽어서 사라져 갔어도
그대들의 고귀한 희생정신은
한반도 이 땅에 영원히 살아 있어서
자유, 민주 대한민국과 함께 영원무궁하리라.
영원히 기억되리라.

장진호 전투 영웅들이여!
우리의 영원한 친구여!

누가 젊은이들의 생명을 앗아 갔는가

바다는 서해 바다는,
어제도 오늘도 예나 다름없이
고기잡이 통통선들이 오고 가고
갈매기도 유유히 날고 들고
한없이 평화롭게만 보이네 그려,

아–, 무심하도다. 바다여!
아–, 그날을 잊었는가. 바다여!
연평해전과 천안함 피격사건이 있었던 그날을,
우리 젊은이들이 바다를 지키다가 산화되어 갔었던 그날을.

바다여 말해다오.
누가 우리의 꽃다운 젊은 생명들을 앗아갔는가.

그 누가 이제 막 뻗어 나가는 줄기를,
이제 막 피어오르는 꽃봉오리를
그리도 무참히 꺾어버렸는가.

저 바다는 알고 있으련만,

바다는 무심하게도 말이 없네.
바다는 어제도 오늘도 잠잠하기만 하네.

오늘도 문밖에 서서
사랑하는 아들이 돌아오기만을
눈 빠지게 기다리는 그대들의 부모를 잊었는가.

사랑하는 아빠,
사랑하는 남편을
오늘에나 오려나, 내일에나 오려나
창문 열어놓고 목 빠지게 기다리는
그대들의 사랑하는 아내,
고사리 같은 귀여운 어린 자녀들을 잊었는가.

어린 시절 고향의 푸른 언덕의 잔디밭에서
함께 어울려 뛰놀던 꽃순이, 삼돌이
그리운 옛 친구들을 잊었는가.

아–, 슬프도다!
그대 호국 영령들이여.

한 사람, 한 사람 그대 이름들을
불러도 불러 봐도 대답이 없는 그대들이여.

누가 우리 젊은이들의 꽃다운 생명을 앗아 갔는가.

아─, 원통하도다.
슬프도다.
깊고도 깊은 저 바다 속에 묻혀서
영영 돌아오지 못하는 그대들이여,
우리 젊은 전우들이여.

슬퍼하지 말아요.
울지 말아요.
누가 뭐라고 해도
그대들은 사나이 중에서도 사나이,
몸 바쳐 나라 지킨 대한민국의 진짜 사나이에요.
이 나라의 자랑스러운 영웅들이에요.

서해 바다를 불철주야 지키다가,
적들과 맞서 싸우다가

바다에 몸을 던져 산화되어간 전사들이에요.
그대들이 진정한 호국의 영웅들입니다.

그대들은 나라 위해서
부모도 처자식도 다 버리고
하나 밖에 없는 생명을 이 나라에 바쳤습니다.

그 누가 이 나라에서 영웅들인가?

여기 우리의 호국 영웅들은 잠자코 있는데
여기 나라 위해 몸 바친 영웅들은 조용히 누워있는데.

그런데 가는 곳마다 여기저기서
징치고 북치고 장고치고
나라에 뭣을 달라고
요란스레 하고 있는 자들은 누구인가?

그런데 그들이 나라 위해서 뭣을 하였길래
가슴 가슴마다 리본을 달고 있는 자들은 또 누구인가?

나라 위해 산화한 호국영령들을 기억하자.
이제 우리 모두 제 자리로 돌아가
그들을 추모하는 리본을 달자.

그대들은 죽어서 사라져 갔어도
그대들의 위국충정,
고귀한 순국정신은 죽지 않았고
길이길이 이 땅에 영원히 살아있어요.

우리 모두의 가슴, 가슴마다에
쉬지 않고 뜨겁게 흐르고 있는데,

그 누가 서해 바다를 넘겨다보랴.
그 누가 이 나라를 넘겨다보랴.

이 지구에 바다가 출렁거리고 있는 날까지
우리의 서해 바다, 우리의 영해.
우리 모두 굳건하게 지켜나가리라.

우리의 바다여!

우리의 자유민주 대한민국이여.

세세토록 영원무궁하리라.

- 2019.3.22. 서해 수호의 날 추념식

우리를 도왔던 나라, 에티오피아

검은 대륙,
아프리카에서도 대륙의 맨 북동쪽에
내륙의 국가, 에티오피아.

아득하고도 먼 2,000여 년 전,
성경에도 기록되어 있는
문화가 깊고 역사가 오래된 나라.

1950년 6월 25일.
우리가 불법 남침을 당했을 때,
자유와 민주, 평화를 수호하기 위해서
선뜻 황실근위대 1개 대대(1,170여 명)를
우리를 도우려 여기 보냈었네.

낯도 설고 물도 설고
피부색도 다르고 언어도 다른
이 땅, 대한민국이 그 어디라고
인도양, 아라비아 해를 건너서
태평양, 필리핀 해협을 지나서
20여 일의 길고도 지루한 항해를 하고

여기 우리 한국에까지 달려 왔었네.

1951년 5월 6일,
한창 휴전협상을 앞에 두고
남과 북이 38선을 경계로 밀고 당기는 전투가 치열할 때.
오랜 항해 끝에 지친 몸을 쉴 겨를도 없이
춘천 지구 전선에 투입,

화천, 철원, 양구, 가평 등지에서
253여 회의 크고 작은 전투에 참가,
적과 맞서 용감무쌍하게 싸웠었네.
혁혁한 전공을 세웠었네.

그 피해만 해도 전사 121명, 전상 536명,
그 고귀한 피를 이 땅에 뿌리고
그대들은 돌아갔지만 그것이 헛되지 않았어요.
오늘의 부강 한국(富强 韓國)을 이룩한
自由, 民主 대한민국이 있어요.

우리가 침략을 당해 어려움에 처해 있을 때,

우리를 도왔던 나라,

고마운 나라 에티오피아.

우리는 그대들을 잊지 않고 있어요.

우리의 혈맹 에티오피아.

- 2019. 5.16. 춘천 에티오피아 참전비 참배

설마리(雪馬里)전투의 전적지(戰迹地)

임진강이 북쪽에서 시작하여
남과 북을 동(東)과 서(西)로 가르면서 흘러가고
높고 낮은 산들로 에워 싸여져 있는 산골 마을들.

산과 산으로 겹겹이 싸인
골짜기와 골짜기 사이로 뚫린 길들은,
모두가 서울로 들어가는 길,

여기 산세(山勢)도 험한 감악산(675m) 기슭,
서울로 가는 길목에,
설마리(雪馬里).

6·25전쟁 때,(1951.4.21.~4.25)
영국군 1개 대대가
중국군에 맞서 분전했던 격전지.

1·4후퇴 당시
한강이남(삼척~평택)까지 물러섰던
유엔 연합군이 다시 반격,
38선 이북까지 쫓겨 갔던 중국군이

서울을 점령하기 위해서
인산인해(人山人海)로 몰려들어 올 때

거기서 영국군 1개 보병대대가 끝까지 결사항전
그곳에서 모두 피를 뿌리고
온 몸으로 막았었던 곳

눈을 감으니
지금도 그날의 포성과
노도와 같이 몰려드는 적들의 함성들이
내 귀청을 찢어지게 울리는 것 같은데

그날의 포성을 잊은 듯
임진강은 소리도 없이 흘러가고 있고
만추의 단풍잎으로 곱게 물든 산과 들은
평화롭기만 하네 그려.

오늘의 평화와 자유를 맘껏 누리고 사는
대한민국의 사람들이여.

우리의 혈맹, 영국을,
우리의 영원한 친구 전우들을 잊지 말자.

그들이 이 땅에 뿌리고 간
피와 땀이 있었기 때문에
오늘의 대한민국이,
오늘의 그대들이 있다는 것을 잊지 말자.
영원히 기억하자.

– 2020.11.11. 참전기념비 답사

미래 세대에게
富强, 韓國을 물려 줘야
〈오늘의 主役, 젊은 世代들에게 〉

반만년(半萬年)의 유구(悠久)한 역사
끈질기게도 그 맥(脈)을 이어 온 우리 민족
지금처럼 풍요(豐饒)를 누릴 때가 언제 있었던가.

주변 강대국의 끊임없는 외침 속에 시달리면서
헐벗고 배고프게 살아왔던
한(恨)도 많고 눈물도 많은 우리.

이제 세계 속의 열강(列强)들과 함께
어깨를 당당하게 나란히 할 수 있는
세계 속의 10대 강국(强國)
자랑스러운 우리나라 대한민국이 되었어요.

온 세계가 모두들 부러워하고 있어요.
온 세계가 모두들 기적이라고 말합니다.
그 기적은 그냥 이루어진 게 아니어요.

지금은 은퇴하여 뒤로 물러서 있는
그대들 바로 앞 세대,

우리 세대에 이루었어요.

세계 최빈국(最貧國)이라는 가난 속에서
허기진 배를 움켜쥐고 밤낮으로 뛰고 뛰어
피와 땀으로 이루어 낸
지금의 대한민국이어요.

그대들의 바로 앞 세대가
참으로 배고프게 살아 왔던 시절,
그 때 그 시절이 있었다는 것을 잊지 말아야 해요.

오늘의 대한민국을 일구어 놓은 그 때의 일꾼들은
이제는 모두 늙어서 현역에서 물러나고
지금은 그대들이 이 나라의 주역(主役)이 되었어요.

젊은 세대, 오늘의 주역들이여!
앞 세대들의 피와 땀과 눈물을 잊지 말아야 해요.

늙었다고 그들을 서럽게 하지 말아요.
힘없다고 그들을 업신여기지 말아요.

그때 그 시절,
우리 세대(世代)들이 어렵게 살았던 때를 기억하면서
오늘의 풍요(豐饒)에 대해서 자만(自慢)하지 말고
겸손하고 감사한 마음으로 열심을 다하세요.

그대들도 언젠가 때가 되면
모두들 주역에서 물러나야 하겠지만
이 나라 이 땅은 영원한 것
우리 손자손녀들이 영원히 살아가야 할 터전.

이 나라를 보다 더 튼튼히 다지고 다져서
다음에 오는 우리 미래 세대들에게도
자랑스러운 부강(富强), 한국(韓國)을 물려줘야 할 책임이
그대들 모두에게 있다는 것을 잊지 말아야 해요.

시평

박종권 시인,
그의 시는
시가 곧 삶이고 삶 자체가 시다!

문일석
〈시인, 서울시인협회 이사, 인터넷신문 '브레이크뉴스' 발행인〉

박종권 시인의 시집『人生, 살아가는 것』은 시인 자신이 시다운 삶을 살아왔다는 증표(證票)라 할 수 있다. 시 속에 삶이 통째로 녹아 있다.

그의 시 '누구나 한 세상이다'는 "그 누가 잘난 사람이고 / 그 누가 못난 사람일까. / 잘나고 못난 것 / 자(尺)로 재 본다고 해도 / 백지장 하나의 차이일진데, / 잘났다는 사람도 한 세상 / 못났다는 사람도 한 세상 / 한 세상 살다가는 것은 / 누구나 다 마찬가지일진데, / 남(他人)들은 잘돼 나간다고 /

시기하지도 말아요. / 나(我)는 잘 안 돼 간다고 / 비관하지도 말아요. / 잘나고 못난 게 별 거 있나요. / 따지고 보면 거기서 거기인데 / 누구나 한번 왔다가 돌아가는 인생, / 주어진 길 따라서 살아가는 거지요. / 그렇게 살다가 가는 것이 인생이지요."라며, 삶을 다독이고 있다.

박종권 시인은 자신이 시인이 아니라고 겸손해하면서 105편에 달하는 좋은 시들을 이 세상에 내놨다.

박 시인은 이 시집의 서문을 통해 "나는 시인(詩人)이 아니다. 그 누가 시인(詩人)이라고 내게 꼬리표(登壇 시인)를 붙여 준 적도 없었기 때문이다"면서 "나는 오랜 시 작업(詩 作業)을 통해서 다져진 숙련된 기성시인이 아니다. 수준 높고 아름다운 시어(詩語)를 가지고 기교를 부릴 줄도 모른다. 평범한 일상을 살아오면서 그 속에서 보통사람들이라면 그 누구라도 다 체험하고 생각하고 느낄 수 있는 것들을 그대로 시(詩)라는 글로 표현해서 옮겨 써 본 것뿐"이라고 실토하고 있다. 지극히 순수하고 자연스러운, 착한-선한 시인만이 쓸 수 있는 자기해석이다.

그의 시는 시가 곧 삶이고 삶 자체가 시다. 높다란 '인간 산맥'을 들여다 볼 수 있어 감동이다.

출간후기

팔십여 년간 쌓아온 생의 지혜를 담은 글이 젊은 세대의 귀감이 되기를 희망합니다!

권선복
(도서출판 행복에너지 대표이사)

과거 농경 대가족 사회였던 대한민국에서 삶을 통해 얻은 지식과 지혜를 다음 세대로 전수하는 역할을 맡은 어르신들은 사회적으로 높은 예우를 받았습니다. 하지만 대한민국이 급격히 산업화되고 정보화되면서 어르신들에 대한 사회적 예우가 급격히 약화되었고, 대한민국이 급격한 사회 발전으로 고령화되면서 삶의 지혜를 지닌 어르신들의 사회적 역할과 의미가 다시 새로운 변곡점을 맞고 있습니다.

이 책 『人生, 살아가는 것』은 저자 박종권 선생님께서 팔순을 기념하여 온몸으로 세상을 살아 내며 자신의 인생을 구축한 '어르신'으로서 인생의 의미, 삶의 지혜, 애국애족의 정신과 미래 세대에 대한 바람을 시로 풀어낸 작품집으로 대한노인회 김호일 회장과 대한민국 무공수훈자회 박종길 회장의 추천사를 통해 모든 어르신들이 읽어봐야 할 시집으로서 승화되기를 희망합니다.

한 사람의 팔십여 년간의 인생을 시로 정리하여 내는 것은 쉽지 않은 바, 박종권 저자님의 수필가이자 시인으로서의 내공에 경의를 표합니다. 특히 군인공제회 홍보실장을 역임한 공직자로서 나라를 사랑하는 간절한 마음이 인상적입니다.

한 사람의 인생은 각각 하나의 책과도 같다고 합니다. 그렇기에 자신의 인생을 한 권의 책으로 쓰는 경험을 갖는 것은 타인의 글을 읽는 것 이상으로 스스로의 정신세계를 크게 넓혀주는 활동이라고 할 수 있습니다. 특히 지금 같은 고령화시대에 글을 쓰는 활동은 높은 수준의 정신적 활동으로서 치매를 예방하고 마음을 맑게 정화하여 정신건강에 큰 도움이 됩니다.

팔십여 년간 쌓아 온 생의 지혜를 담은 이 책이 젊은 세대에게는 온몸으로 대한민국을 지켜 온 어르신 세대의 의지를 이어받는 계기가 되고, 어르신 세대에게는 누구나 자신의 인생을 한 권의 책으로 써내어 자기 자신과 세상에 선한 영향력을 전파하게 하는 기폭제가 되기를 희망합니다. 여기에 더해 서울시인협회 이사이자 인터넷신문 '브레이크뉴스' 발행인이신 문일석 시인의 훌륭한 시평에 깊이 감사드립니다.

노후 대비를 위한 필수 상식!

가족요양 제도

가족요양제도란?

65세 이상의 아픈 내 가족을 직접 모시면서 급여를 받을 수 있는 제도

가족요양의 조건

1. 모시는 사람은 요양보호사 자격증을 취득해야 합니다.
2. 모시는 사람이 다른 일을 한다면 월 160시간보다 적게 일해야 합니다.
3. 그리고 모심을 받는 어르신은 고혈압, 뇌졸중, 치매 등 노인성 질환을 가진 어르신들에게 발급되는 노인장기요양보험 등급을 받아야 합니다.

케어링이란?

국가에서 센터에게 지원금을 주고, 센터에서 요양보호사에게 급여를 나눠줍니다. 그래서 센터마다 모두 급여가 다릅니다.
케어링은 전국 최고 수준의 급여를 드리고, 전국적으로 이용이 가능한 센터입니다. 또한 사회적 기업을 추구하는 법인으로 투명하고 믿음직하게 요양보호사분들을 관리합니다.

2021년 1월 기준 가족요양 90분의 경우, 케어링에선
월 88만 원의 급여를 받을 수 있습니다.

'행복에너지'의 해피 대한민국 프로젝트!

〈모교 책 보내기 운동〉

대한민국의 뿌리, 대한민국의 미래 **청소년·청년**들에게 **책**을 보내주세요.

많은 학교의 도서관이 가난해지고 있습니다. 그만큼 많은 학생들의 마음 또한 가난해지고 있습니다. 학교 도서관에는 색이 바래고 찢어진 책들이 나뒹굽니다. 더럽고 먼지만 앉은 책을 과연 누가 읽고 싶어 할까요?

게임과 스마트폰에 중독된 초·중고생들. 입시의 문턱 앞에서 문제집에만 매달리는 고등학생들. 험난한 취업 준비에 책 읽을 시간조차 없는 대학생들. 아무런 꿈도 없이 정해진 길을 따라서만 가는 젊은이들이 과연 대한민국을 이끌 수 있을까요?

한 권의 책은 한 사람의 인생을 바꾸는 힘을 가지고 있습니다. 한 사람의 인생이 바뀌면 한 나라의 국운이 바뀝니다. **저희 행복에너지에서는 베스트셀러와 각종 기관에서 우수도서로 선정된 도서를 중심으로 〈모교 책 보내기 운동〉을 펼치고 있습니다.** 대한민국의 미래, 젊은이들에게 좋은 책을 보내주십시오. 독자 여러분의 자랑스러운 모교에 보내진 한 권의 책은 더 크게 성장할 대한민국의 발판이 될 것입니다.

도서출판 행복에너지를 성원해주시는 독자 여러분의 많은 관심과 참여 부탁드리겠습니다.

행복을 부르는 주문

- 권선복

이 땅에 내가 태어난 것도
당신을 만나게 된 것도
참으로 귀한 인연입니다

우리의 삶 모든 것은
마법보다 신기합니다
주문을 외워보세요

나는 행복하다고
정말로 행복하다고
스스로에게 마법을 걸어보세요

정말로 행복해질것입니다
아름다운 우리 인생에
행복에너지 전파하는 삶 만들어나가요